KB140418

내 안의 만다라

내 안의 만다라

초판인쇄 | 2020년 4월 15일 **초판발행** | 2020년 4월 20일
지은이 | 손애라 **주간** | 배재경 **펴낸이** | 배재도 **펴낸곳** | 도서출판 작가마을
등 록 | 2002년 8월 29일(제 2002-000012호)
주 소 | 부산광역시 중구 대청로 141번길 15-1 대륙빌딩 301호
　　　 T. 051)248-4145, 2598 F. 051)248-0723 E. seepoet@hanmail.net

ISBN 979-11-5606-145-8 03810 ₩10,000

※ 본 도서는 2020년 부산광역시, 부산문화재단 지역문화예술특성화지원 '부산문화예술지원사업'
　 으로 지원을 받았습니다.

작가마을 시인선 37

내 안의 만다라

손애라 시집

도서출판
작가마을

누가 나를 만다라의 꽃밭으로 불러냈나

하늘거리는 저 꽃들의 몸짓,

나를 위로하는

충직한 하인처럼 공손하지만

詩는 내게 神의 呪文처럼 엄하고 무섭다

알 수 없다

내가 걷는 시의 길은

언제나 가을나무의 탁목조처럼 외로워서

2020년 봄

손애라

손애라 시집

작가마을 시인선 ㊲

차례

005 · 자서

제1부

풀잎은 노랑으로 시작하여 노랑으로 저문다

013 • 말씀이 꽃으로 피다
014 • 우수에 쓰는 시
015 • 실리카 정원
016 • 스칼렛 여인
017 • 달개비꽃
018 • 초록 혓바닥
019 • 풀잎은 노랑으로 시작하여 노랑으로 저문다
020 • 쟈스민
021 • 자주빛 생각
022 • 갈색 스케치
023 • 은발의 제니
024 • 필석
025 • 겨울잠

내 안의 만다라

029 • 복천박물관의 순장자

030 • Daunt waterway(도은트 물길)

032 • 흰여울문화마을

034 • 우토로 마을

036 • 조가비 하나 – 패총전시관 1

037 • 토우 여인 – 패총전시관 2

038 • 부부총 – 양산박물관

040 • 주먹도끼 – 전곡선사박물관

042 • 오래된 우물 – 정관박물관

043 • 생 텍쥐뻬리의 하늘

044 • 툰드라

046 • 몽골

048 • 알라의 정원

050 • 늙은 할렘

051 • 그늘로부터

052 • 알 수 없는 영역

제2부

알 수 없는 영역

손애라 시집

작가마을 시인선 �37

차례

제3부 병상일기

055 • 티 타임의 몽상

056 • 미러 이미지

058 • 솔방울 하나가

060 • 야생 사과

061 • 장마전선

062 • 병원 24시 – 병상일기 1

064 • 어떤 러브 스토리 – 병상일기 2

066 • 말들은 미래를 향해 흐른다 – 병상일기 3

067 • 숨은 꽃 – 병상일기 4

068 • 일곱 시부터 일곱 시까지 – 병상일기 5

070 • 꽃밭에서 – 병상일기 6

072 • 겨울 숲에서 – 병상일기 7

073 • 봄

074 • 폭풍우 지난 후

076 • 평온하다는 말

078 • 지구 한 조각

내 안의 만다라

081 • 거미줄 – 만다라 1

082 • 백만 개의 별 – 만다라 2

084 • 매듭, 맺기와 풀기 – 만다라 3

085 • 나비의 은유 – 만다라 4

086 • 과녁과 연꽃 – 만다라 5

088 • 나비는 자신이 애벌레였음을 기억한다 – 만다라 6

090 • 생명나무 – 만다라 7

092 • 평화로운 리듬으로 – 만다라 8

094 • 밤에 피는 꽃 – 만다라 9

095 • 놓아주기와 간직하기 – 만다라 10

096 • 인디고 블루 – 만다라 11

098 • 하양과 검정의 만다라 – 만다라 12

100 • 보고 있다 – 만다라 13

102 • 지구를 둘러싼 ∞의 물 – 만다라 14

104 • 옴파로스 – 만다라 15

106 • 확산하는 씨앗 – 만다라 16

108 • 시인 – 만다라 17

109 • 밤의 과수원 – 만다라 18

110 • 물에 잠긴 산 – 만다라 19

111 • 나의 꽃밭 – 만다라 20

112 • 해설 / 상징의 시학, 혹은 생명의 만다라 _ 황치복

제4부

하양과 검정의 만다라

내 마음의
만다라_____

작가마을시인선37 · 손애라

제1부

풀잎은 노랑으로 시작하여
노랑으로 저문다

말씀이 꽃으로 피다

그대에게 보내는 나의
말씀이 꽃으로 피나니

그립다는 말은 쑥부쟁이꽃으로
보고 싶은 마음은 보라색 엉겅퀴꽃
기다리는 마음은 하얀 솜다리꽃
그대가 있어서 행복한 마음이면
주홍색 제라늄꽃으로
초록색 잎새 위에 다소곳이 피어

그대와 나누는 즐거운 담소에서는
어떤 꽃이 필까
치자꽃 향기가 풍기는 시간,
이 생과 저 생 사이 어디쯤에서
누가 누구를 응시하며
흔들릴까, 그렇게 흔들려볼까

우수雨水에 쓰는 시

마른 가지를 콕콕 쪼는
작은 새를 보았다
나무는 간지럽다는 듯 가지를 흔들었다

빗물 한 방울,
유리창에 닿았다 미끄러지자
가지 끝에 봄물이 도는 나무

작은 새가 전해준 소식
땅 속까지 전해져
혹한을 견딘 뭇 생명들을 깨운다

들판 가득 자운영꽃을 피우고,
연둣빛 작은 잎눈을 틔우라는 지엄한 소식

갈색으로 메마른 고치 속
흰점팔랑나비 큰 눈 뜨자
그윽한 봄이 온다

실리카 정원

대지가 너른 가슴으로 꽃과 나무를 키울 때
지하 깊은 곳에서 암석 하나가
가슴에 씨앗 한 톨 심는다

地·水·火·風
오랜 시간 지난 뒤

광부의 곡괭이로 캐낸 암석이
제 가슴 열어 보여주는 비밀의 정원

*실리카 정원 : 모수석(模樹石). 산화망간, 철 등의 광물이 암석의 틈에 스
  며들어 결정이 된 것. 나뭇가지 같은 모양이므로 흔히 식물화석으로 오인
  한다.

스칼렛 여인

1
스칼렛 여인이 되고
싶다 빨간 입술 빨간 스카프
매고 거리로 나가서 힐끔힐끔

2
쳐다보는 시선도 아랑곳없이
사뿐사뿐
걷고 싶은 스칼렛 여인

3
초록빛 강철 같은 기둥들
사이에서 새빨간 연지 바른 큰 입을
벌리고 웃는 여자

4
도로변 화단의 겹동백은 거멓게
늙은 입술로 떨어질 줄
모르고 긴 겨울을 건너고 있다

달개비꽃

오래 전에 내가 쓴 편지

백지에 또박또박 써내려간
잉크 빛 글씨
자주자주 물기에 번져
푸르디 푸르게
변하기도 하던 그 글씨들

세월 지나 돌고 돌아온
그 편지를
나는 이제 읽을 수 없다

소낙비 지난 길섶의
바싹 마른 달개비꽃 하나

초록 혓바닥

숲 속 오솔길에 내민 초록의 혀들
안개를 빨아먹고 빗물을 받아먹고
신선한 공기를 깊이 들이마시는
탐욕스러운 저 혀들
오솔길을 건너뛰던 발 아래에서
말간 초록 웃음을 흘린다
오른쪽으로 꼬였는지
왼쪽으로 꼬였는지 알 수 없는
동백나무를 감고 올라가는
덩굴 마디의 정체가 궁금하다
덩굴을 따라 올라간
연분홍 갯메꽃 한 송이도 궁금하다

푸른 심장 같기도 하고
길게 빼문 혓바닥 같기도 한
저 초록의 잎들, 피가 돌고 있다

풀잎은 노랑으로 시작하여
노랑으로 저문다

초봄의 새싹은 노랑으로 시작하여
연둣빛 숙성과정을 거쳐
잘 발효된 초록이 된다
초록이 무르익으면 잎사귀마다
노랗게 물드는 가을의 전조前兆

여름의 절정에서 빛나던
초록 잎사귀는 가을이 오면
벌레 구멍을 내며 노랗게 늙는다

해마다 풀은 저물 뿐,
노랑에서 노랑으로 떠도는 나그네

쟈스민

옛사랑의 그림자에 묻혀

가만히 고개 숙인
그녀의 슬픈 침묵

적멸로 가는 눈빛으로

자주빛 생각

한 떨기에서 오종종 피어난
세 송이 달리아를 보네

연보라는 연약함
보라는 존재의 이중성
자주는 열정을 감춘 마음

탁발로 걸어온 저 꽃은
연둣빛 새싹 시절부터
제 몸이 변할 줄 알았을까
뿌리에서 우듬지까지
오래오래 걸어서 얻은 소식,

그대의 마음속 깊은 곳에
숨어살던 소망의 빛깔이여

갈색 스케치

너는 지금

바삭바삭하다
단단하다
좋은 냄새가 난다
맛있을 것 같다
소박하다
호사스럽다
부드럽다
거칠거칠하다

땅에 떨어져도
변함없는 너는
잘 썩어서, 한 줌
부엽토가 된다

은발銀髮의 제니

금발의 제인이 있었다
눕히면 속눈썹 긴 눈을 스르르 감고
일으키면 파란 눈을 반짝 뜨던 커다란 제인
하얀 블라우스에 체크무늬 드레스를 받쳐 입은
동화책 속 알프스의 소녀
친구의 동무인 제인이 부러웠다
나만의 동무를 만들었다
두꺼운 판지를 오린 가슴이 납작한 제니
눕혀도 커다란 눈을 뜬 채로 배시시 웃던 제니
제니를 위해 만들었던 색종이 옷
알록달록한 그 옷들은 무지개가 되고
제니를 재우며 속삭이던 이야기는 시가 되었다
언제인지도 모르게 내 곁에서 사라진 제니
오랜 시간이 지난 뒤
제니가 돌아왔다
아름답던 금발이 은빛이 된 제니
여전히 거울 속에서 웃는 제니
회색 니트를 무심하게 걸친,

필석

원시原始의 바다를 보았다

그랍톨라이트 무리지어 부유하는 블루블랙의 늪, 그 위로 무겁게 드리운 다크블루의 짙은 밀도는 공기의 어미(母)이다

굳지 않은 대지大地 아래 지구의 중심에서 가끔씩 전해지는 진동은 장차 나타날 맘모스의 육중한 움직임을 예비하는 듯하다

흔들리는 낭떠러지 위에 납작 엎드려 그 혼돈을 바라보던 내가 손을 들어 가리키자 늪과 공기 사이, 흰 선을 그으며 수평선이 생겨나 그때부터 바다와 하늘이 갈라지게 되었다

---

* 필석 : 그랍톨라이트(Graptolite). 고생대 오르도비스 중기(4억6천만 년 전)에 번성한 연체동물의 원시형태 생물의 화석.

겨울잠

동굴 속에 웅크린 곰처럼
살얼음에 갇힌 버들치처럼
고독의 뿌리, 내 맘의 풀씨여

잠 못 들고 뒤척이는
내 겨울잠도 저들처럼

내 마음의
만다라

작가마을시인선37 · 손애라

제2부

알 수 없는 영역

복천박물관의 순장자

박물관은 시간의 거룻배다

그는 땅을 파고 화살촉을 벼리며 임금님의 영원한 길
동무로 선택된 사람이었다 영생을 꿈꾸던 철전 세월의
피로 세례 받아 벌겋게 녹슬어 있다 쑥부쟁이 덩굴풀
끝도 없이 피고 지는 언덕에 쪼그려 앉은 그 사람의 자
취 지금도 선연하다

귀항아리 오리물잔 선반 위에 고이 모셔두고
유리구슬 다듬던 그 여자는 지금 어디에 있을까

죽어도 혼자로는 외로운 선사 마을 그 사람들

Daunt waterway(도은트 물길)

영롱한 이슬 내리는
새벽마다 나팔소리 들린다

그대, 머나먼 고향땅
두고 온 부모님께
안부의 나팔소리 울리며—

우리는 그대를 잊지 않았다
맑고 어린 영혼이
삶과 죽음 경계에서
도은트 물길로 다시 태어나고
우리는 햇살 반짝이는
그 물길 따라 걸으며
그대를 위해 기도하노라

평화와 민주주의를 위해
초개 같이 버린 목숨
어린 병사 도은트여,

그대가 사랑한 코리아에

고이 잠드시라

*도은트(JP DAUNT) : 17세의 호주 병사. UN기념공원에 안장된 병사들 중
 가장 어린 그의 이름을 딴 물길(Daunt Waterway)이 조성됨.

흰여울문화마을

콘크리트 옹벽 뒤로
하얀 포말을 일으키며 흘러내리던 석간수
바다를 넘어가던 주홍빛 노을 한 자락
절벽에 깃드는 이 밤의 꿈은 화려하다

까마득한 절벽 위에 매달린 새둥지처럼
한 구비 돌 때마다 바다가 가까워지는
가파르고 좁은 계단은 어서 빨리 삭아서
자연으로 돌아가고 싶어 한다
해안산책로 옆 테트라포트엔 이끼가 없다
미역 한 오라기 기를 수 없는 죽은 바다가
가쁜 숨을 쉬며 오르내리고 있다
묘박지에는 오랜 항해에서 돌아온 배들
오르내리는 파도 따라 흔들리고 있다
지친 저 배들
깡깡이아줌마의 망치질에 고단을 풀었을까

〉
막다른 골목 닫힌 창문 안에서
고단한 생 잠시 내려놓은
늙은 여자가 물끄러미 바다를 읽고 있다

* 흰여울 : 봉래산에서 영선동쪽 가파른 절벽을 타고 흰 포말을 일으키며 쏟
아지는 급류. 마을 이름이 됨.
* 깡깡이아줌마 : 바닷물에 녹슨 뱃바닥을 작은 쇠망치로 두드려 녹을 떨어
내는 일. 영도의 조선소에서 주로 여자들이 해 왔음.

우토로 마을

일본 속의 한국마을 우토로
'하늘에 닿은 땅'이라는 뜻을 가지고 있다

오늘도 조선의 민들레들이
지면보다 낮아서 상습침수지역이라는,
하늘에 닿은 땅이 아니라
지옥의 무덤 같은 땅 그곳에 옹기종기 피었다
조선인으로 태어나 조선에 살지 못하고
일본에 살지만 일본인이 아닌, 모순의 민들레들

수돗물 없고 하수도 없고
찻길조차 딱 끊겨버린 하늘에 닿은 땅
빗물을 모아 마시고
우물물을 길어 사는 현대의 로빈슨 크루소들
가난과 차별 속에 80년을 꿋꿋이 버티며
마을을 만들고 학교를 짓고 아이들을 키웠다

마을회관 '에루화'에 모여
동네일을 의논하고,

한글을 가르치고,
생사고락을 같이해 온 조선의 민들레들

일본국 교토부 우지시 이세다초 51번지
빨랫줄에 걸려 있는
아기의 하얀 배냇저고리는 우리의 희망이다
저 아기, 우리의 별이다

＊우토로 마을 : 1941년 교토비행장 건설을 위해 일제에 의해 징용당한 한
  인들이 종전 후 고국으로 돌아오지 못하고 자리 잡은 마을.
＊에루화 : 우토로 마을 동포생활센터. 즐거운 마음으로 지내자는 의미.

조가비 하나
– 패총전시관 1

유채꽃 흐드러진 언덕 아래

가만히 엎드린 조가비 하나

아치섬 돌아오는 갯내음에

세월처럼 하얗게 삭고 있다

*패총전시관 : 영도 아치섬 해양대학교 들머리, 바닷가에 위치한 선사시대
  조개무덤 자리.

토우 여인
– 패총전시관 2

돌도끼 휘두르던 힘센 사나이들
그대 앞에 다소곳이 경배드린다

초경을 치른 어린 소녀들
어머니 손에 이끌려
기도의 말 속삭이며 배운

다산과 풍요의 여신

구천구백 살의 그대,
한반도의 미토콘드리아 이브

*미토콘드리아 이브 : 여성의 성(性)을 가진 최초의 세포를 일컫는 생물학
용어. 중앙아프리카를 최초 발생지로 봄.

부부총

– 양산박물관

우리 이제 서천으로 떠나네

손에 손을 맞잡고

뒷동산으로 봄나들이 가듯 그렇게 가네

어릴 적부터 같이 자란 그대와 나

백년가약 혼례식에서

하늘이 내리신 복 오래오래

같이 누리자던 그 약속

서로 지켜 이승을 같이 떠나네

사모관대 녹의홍상 아름답게 차려 입고

손가락 깍지 낀 채

창천하늘 타박타박 걸어서 가네

여기가 종점인가

세상의 부귀영화 덧없어라

죽으면 썩어질 몸

앞트기식돌방무덤에 고이 뉘여 놓고

토기와 장신구 갖가지 부장품도 버리고

그대는 소년,

나는 소녀가 되어

어릴 적 봄나들이 그렇게 떠나가네

맨발로 타박타박 걸어서 서천으로 떠나가네

*부부총 : 경남 양산시 북정동 고분군에 자리한 무덤 중 하나. 부부가 나란
히 누운 발치에 세 사람의 순장자와 토기, 황금장신구 등이 출토됨. 주인은
김유신 장군의 아버지인 서현 공, 부인은 입종갈문왕의 손녀인 만명부인이
라 전해진다.

주먹도끼

　– 전곡선사박물관

적도 아프리카에 코끼리 무덤이 있다면

북반구의 시베리아 대초원 어디쯤엔

가지를 펼친 뿔과 뿔이 얽히고설킨

순록의 무덤이 있을 것 같다

초지를 따라 이동하던 순록의 무리가

발길을 멈추고 일제히 무릎 꿇어 경배하는 곳

수수만 년의 고요가 지배하는 그곳

정적을 뚫고 들어가

뿔과 뿔을 헤치다보면

누군가 남겨두고 간 주먹도끼 하나

눈도 맑고 귀도 밝아서

두두두두 지축을 울리는 발소리 듣고

먼 지평선 너머에서

앞장서 달려오는 대장순록을 좇던

팔힘 좋은 사나이 하나

대초원을 유랑하던 씨족의 족장

솜씨 좋은 손으로 만들어낸 주먹도끼

날 선 모서리와 모서리가 만나

예각을 이루며 반짝이겠지

커다란 손아귀로 던지는, 주먹도끼 목덜미에 박힌다
비명도 없이 쓰러지는 대장순록, 눈망울이 평화롭다
내 안에 숨어있던 태곳적 기억 환히 떠오르는
어쩌면 나는
사냥 나간 남정네를 기다리던
선사先史의 여인이었을지도,

동굴 속 주먹도끼 하나 발길을 막는다

*주먹도끼 : 구석기시대의 대표유물, 뗀석기. 석재는 규암, 응회암, 화강암
등이다. 충북 연천읍 전곡리는 한반도 구석기시대의 대표적인 유적지이다.

오래된 우물

— 정관박물관

폐허의 유적지 같이 닫힌 방

겹겹이 쌓인 지층들 허물어지고

고여 있는 물이 반짝거린다

아홉 겹의 도시 유적이 포개져 있다는

트로이의 유적지 같은

내 안에 갇혀있던 오래된 우물

무너져 내린 돌과 먼지 아래에서도

마르지 않은 물

단단해진 지면을 적시며

겹겹이 쌓인 지층 아래

오래 잠자던 물

연둣빛 새싹이 되고

나부끼는 잎새가 되는 맨발의 만다라여

* 정관박물관 : 부산 기장군의 선사시대 유적지에 세운 박물관. 신석기시대의 고
  상가옥과 우물 유적이 있다. 대표유물은 고상가옥을 본뜬 토우.

생 텍쥐뻬리의 하늘

그는 푸른 피를 타고 났으므로
푸른 하늘에 이끌림은 당연한 일
그의 크고 무거운 몸은
땅바닥을 딛었으나
정작 눈과 마음은 하늘의 것이었다
장미와 사랑에 빠진 한때
금발에 푸른 눈을 가진 어린 왕자였던 그는
기침하는 장미를 위해 세계를 유랑하였다
그의 몸과 영혼은 하늘의 것이 된 지 오래
은빛 비행기는 그의 갑옷 그의 날개 그의 고치
북아프리카의 모래사막에 휘몰아치는
우화羽化를 재촉하는
열기 품은 바람 속에서 흔들리던 은빛 날개
그는 어느 날 문득
밤의 지중해 위에서 은빛 고치를 벗어났다
검푸른 밤하늘을 넘어
작은 장미가 기다리는 소혹성 B612를 향해서 날아갔다

모래빛 사막여우는
밤마다 하늘의 별을 우러러본다

툰드라

"당신을 본다"

나비족의 인사를 우물거린다 몽골리안의 특징인 쌍꺼풀
없는 담갈색 눈을 마주 본다 그의 동공은 언제나 흔들림이
없다 맑고 고요한 호수를 들여다보는 것 같다 호수 뒤쪽으
로 펼쳐진 지평선 위로 아득하게 보이는 타이거의 삼림,
동토지대에 쌓이는 눈은 모든 소리를 빨아들인다 침엽수
가지에 얹힌 눈더미가 제 무게를 못 이기고 슬로우 모션으
로 떨어져도 소리가 없다

마구 던지는 나의 말들이 빠르게 날아간다 작고 매끈한
조약돌이 되어서 수면 아래로 가라앉는 의미 있거나 없는
단어들, 잔물결 하나 일지 않는 그 호수는 얼마만한 깊이
일까, 가늠할 수 없다 그 담갈색 눈동자 뒤의 머리는 무엇
을 생각하고 있을까, 알 수 없다

호수를 넘어서 침엽수의 숲 가장자리에 그가 작은 모닥
불을 피운다 자작나무의 잔가지를 던져 넣으면 자작거리
며 수액樹液이 끓는 소리, 세상 근심을 잠재우는 그 소리 작
은 모닥불이 크게 번져서 타이거의 숲 전체를 태울 것 같
은 감각의 확장, 그 소멸의 열기를 상상하며 불꽃을 돋우

었다

　고요하고 또 고요하다 나는 지금 어디쯤 와 있는 것
일까 백석과 나타샤도 와 보지 못한 곳, 툰드라에 왔다
내 마음 속의 툰드라, 그의 고요와 나의 열망이 만나는
곳, 수수만년을 타고 내려온 핏줄 속에 살아 용솟음치
는 모험에의 욕망이 끓어오를 때마다 나는 그 담갈색
눈을 들여다본다

　작은 풀꽃의 生과 滅, 저마다의 꿈과 말들이 幻이 되
어 너울거리고 굽이치며 소멸하고 다시 태어나는 곳,
그 곳이 멀지 않다

몽골

나, 문득 몽골의 처녀였으면 하네
손 크고 발도 크고
눈꼬리 치켜 올라간 몽고족 처녀
두드러진 관골 아래 꼭 다문 입매의
고집 세 보이는 그 처녀
붉고 푸른 그림치장 둘러친
아버지의 게르 안 나무의자에
단정히 모은 무릎 두 손 얹고 앉아
먼 이방의 손님을 기다리네
대춧빛 얼굴에 가슴 실팍한
용사가 검은 말을 타고 오는 날
백마를 타고 초원을 달려 나가
끝없이 펼쳐진 초원을 달리며
터우마갈 높이 세워
그대 사랑하고 또 사랑하고 싶네
용맹한 징기스칸의 후예
아들 딸 낳아
나는 몽골의 위대한 어머니 되리

무덤 없는 광활한 초원에서
당신과 조용히 묻히리, 이방의 그대

알라의 정원

모든 사막이 모래투성이이지만
강렬한 두려움 속에서도
이끌리는 아름다움이 있다
뜨거운 바람이 불어오면
모래알들은 통통 튀기 시작하고
바람을 등진 모래알들이 날려
불모의 모래언덕이 생긴다
모래언덕은 시간을 직조하며
파도를 이룬다
결 고운 파도무늬의 사구
타클라마칸의 누란,
사하라사막의 타무가디,
움직이는 사막 아래 묻혀버린 고대도시들
이동하는 모래를 따라 옮겨가는 오아시스를 찾아
낙타는 터벅터벅 걸으며 물 냄새를 찾는다
사막의 모래가 만드는 모래이랑과
바다의 파도가 만드는 물이랑은
태초에 일란성쌍둥이였는지도 모른다

〉

북아프리카 사람들은 사막을 일컬어
알라의 정원이라고 부른다
알라가 평화롭게 거닐 수 있도록
생명을 완전히 비워냈다는 그 곳,
생명이 완전히 비워진 그 지점에서
다시 생명의 싹이 튼다

늙은 할렘

정오의 목욕탕엔 사람이 없다
늙은 여인들 몇이 뜨거운 탕에 들어앉아
새로 들어오는 여인을 빤히 바라본다
늙은 여인들은 새로 온 젊은 여인의
몸짓 하나하나를 감시하듯 보고 있다
팽팽한 피부를 자랑하는 젊은 여인
세헤라자데의 끝나지 않는 이야기인 듯
기다랗고 검은 머리를 풀어헤치고
돌아앉아 몸을 씻는다
두런두런 이야기하는 늙은 여인들
그들도 한때는
사과알 같은 가슴과 팽팽한 둔부로
술탄의 사랑을 받았을 것이다
젊음이 떠나가고
사랑하는 사람도 떠나보낸 나이든 후궁들
두런거리는 소리 낮게 메아리치는
알리바바의 동굴 같은 한낮의 목욕탕에
술탄의 늙은 여인들이 있다

그늘로부터

돋을볕 햇살은 그늘로부터 힘을 얻는다
햇살 따가울수록 짙어지는 그늘의 힘

검은 초록으로 빛나는 겨울 향나무는
응달과 양달의 교차점을 향해 가지를 뻗는다
응달과 양달이 번갈아 밀어 올리는 힘으로
나이테를 한 겹 한 겹 만들어간다

하얗게 빛나는 벽면에 뚫린 검은 구멍은
네모난 그늘의 힘으로
사각형의 창문이 되어
낮에는 그 안에 그늘을 가두고
밤에는 주황색 따스함으로 밝게 빛난다
그늘 속에서 창문을 올려다보는
사람은 마음에 스며드는 따뜻한 빛,
그 힘으로
제 갈 길을 잃지 않는다

그늘의 서늘함을 알지 못하면
양지의 따사로움도 알 수 없으니까

알 수 없는 영역

말을 던져도 돌을 던져도 끄떡하지 않는다 요지부동의 마음 멱살을 붙잡고 흔들어 볼래도 마음이 잡혀야 말이지, 하소연 같은 혼잣말을 한다 그게 목석이지 사람이냐고, 주절거려 본다 네 마음은 아직도 알 수 없는 영역이다

돌개바람에 휘익 부딪쳐왔다가 바람을 타고 높이 올라가는 가랑잎, 흘러 흘러 닿은 곳은 고작 제가 매달려있던 가지 끝 간당간당하던 이파리 다시 불어온 바람에 뚜욱뚝 내려앉는 날에도 네 마음을 읽어보려 애쓴다

제분공장 앞 전깃줄에 조르르 늘어앉은 비둘기들은 구구거리지도 않고 컨베이어 벨트 돌아가기만 기다리고 있는데 새똥벼락이라도 맞아라, 소심한 복수를 생각하며 8차선 도로를 건넌다 너도 언젠가 휘파람 불며 이 길을 건너겠지

다 부질없는 짓, 쓴웃음 지으며 하늘을 올려다보는데 고가도로의 교각이 하늘을 다 가리고 있다 이제 어디에서도 하늘을 볼 수 없을 것이다 자조의 그늘을 벗어나니 등에 쏟아지는 따스한 햇살, 그 힘에 등 떠밀려 도로를 다 건넜다 그래도 내가 알 수 없는 네 마음의 영역은 그대로 남아 있다니

제3부

병
상
일
기

티 타임tea- time의 몽상

담갈색의 호수를 들여다본다
내가 던지는,
의미 있거나 없는 말들이
매끈한 조약돌이 되어 가라앉은 곳
수면에는 잔물결 하나도 일지 않는다
흔들리지 않는 동공 뒤로
펼쳐지는 아득한 지평선
그곳에는 초원의 풀꽃이 피었다 지고
오색 깃발이 작은 바람에도
흔들리고 있을 것이다
그들만의 법칙 아닌
그 무엇에도 구속받지 않는 사람들이 사는 곳
너의 눈을 마주볼 때마다
얼핏 스치는 나의 샹그릴라
영원히 닿을 수 없을 그 곳

다른 세상으로 난
작은 창문 하나 열었다 다시 닫는다

미러 이미지mirror image

그가 말을 할 때
그녀는 침묵한다
그가 어조를 높이면
그녀의 침묵은 더 길어진다

그의 어조가 강해질수록
그녀의 생각은 더욱 깊어진다
플러스와 마이너스의 합은 제로라는 생각을

그녀가 골똘하면
그의 입에서는 침이 튄다

그녀가 동적평형을 생각할 때
그의 언어는 바닥까지 다다랐다

그가 바닥없는 우물 같은
언어의 지옥에서 허우적거릴수록
그녀의 생각은 점점 떠올라

까마득한 개미지옥을 내려다본다

그의 말과 그녀의 침묵이
팽팽하게 마주보는 순간
플러스와 마이너스의 합은 제로라는
등식이 비로소 완성된다

그와 그녀는 서로간의 미러 이미지다

솔방울 하나가

짧은 산책길에서 솔방울을 주웠다

이 솔방울 하나는
겉씨식물 진화의 결과물이다
낱낱의 벌어진 틈마다
날개 달린 씨앗 두 개씩을 간직한 솔방울
백여 개의 씨앗을 다 날려 보내고
시들어가는 풀밭에 떨어져 있던
솔방울 하나를 소중히 주워 올린 그,

모든 겉씨식물의 특사로
오늘 나에게로 왔다
인간종의 대표로서의 그와 나
사이의 유대감만큼이나 강하고 질긴
솔방울 하나와의 공생의 감각
태초로부터 전해온 날것의 감각이
나를 깨웠다

솔방울 하나가 땅으로 떨어질 때

영원으로 향하는 우주의

노랫소리가 울려 퍼졌을 것이다

야생 사과

시월의 물가에 한 그루
외로운 사과나무가 있다
낮게 뻗은 가지에 남은
한 알의 사과,
노랗지도 빨갛지도 않은
연둣빛 과피果皮 안에서
익어가는 과육은
무르익은 가을 같다

가을처럼 늙어서야
야성을 되찾은 저 사과나무
물가에 선 사과나무는
혼자만의 아픈 역사를 쓰고 있다

장마전선

나는 물에서 생겨난 사람

시냇물에 손가락을 담그고
맑고 투명한 물을 휘저을 때
진동하는 분자와 원자
세포의 노래를 듣는다

오감으로 느끼는 물의 노래는
장마로도 막지 못 한다

병원 24시

− 병상일기 1

24시간 불이 꺼지지 않는 유리의 성
깊이 잠들지 못하는 환자들
낮과 밤을 바꾸어 일하는 간호사들
밤새 영업하는 커피점과 장례식장의 불빛
층층이 곧게 뻗은 복도 어디에도
유령이 숨을 그늘이 없다
흔들리는 전등 아래
낡은 복도를 스쳐 지나던
하얀 드레스의 소녀는 어딘가
안락한 침상에서 깊이 잠들었다
도시괴담은 잊혀진 옛이야기다
알약을 한 움큼씩 먹은 후
마셔대는 킹사이즈 종이컵들이
푸대에 담겨 어딘가로 가고 있다
저들만의 시체안치소라도 있는 것일까
자본주의의 명明과 암暗이
좁은 공간에서 더 극명해지고
갈고 닦은 지성과 교양은 숨을 죽이는 곳
24시간 영업의 패스트푸드점과

24시간 환하게 불 밝힌 유리의 성
코카콜라와 햄버거가 인생의 달콤한 애인이라면
병원휴게소에서 마시는 커피는
쓰디쓴 인생의 맛, 그 자체이다
미래의 세상에서
가장 크고 화려하게 꾸며지는 장소는
백화점이 아니라 종합병원일 것이다

어떤 러브 스토리

 - 병상일기 2

새벽에,

다리 부러진 아가씨를 업은 남자가 왔다 시장 어귀
리어카에 밀감 몇 광주리 올려놓고 낮술에 취해 어릿
거리던 빨강모자 쓴 과일 장수였다 남자가 떠나고 온
종일 미동도 없이 누운 아가씨의 하얀 얼굴이 데드마
스크 같았다

저녁에,

얼근히 취한 남자가 다시 왔다 간호사실 앞을 서성거
리며 전화를 바꿔주지 않는다며, 사람대접을 않는다
며, 투덜거리던 남자는 병실로 들어오자 나긋나긋해졌
다 "은주야, 밥 묵었나? 마이 기다렸제" 흩어진 머리칼
을 쓸어 올려주는 손길이 애틋했다 데드마스크 아가씨
의 뺨 위를 또르르 굴러 내리는 구슬 한 알, 사랑의 의
미는 값싼 인조진주목걸이 같아졌어도 뜨거운 눈물 한
방울의 가치는 여전한 것을 알게 되었다

다음 날,

너무 반듯한 병원의 복도가 낯설어서, 너무 밝은 불

빛이 눈부셔서, 남자는 데드마스크 아가씨를 업고 떠
났다

 이런 장면에는 어떤 배경음악이 깔려야 할까

말들은 미래를 향해 흐른다
- 병상일기 3

회복기 환자들은 시간이 많다
여덟 개의 침상을 하나씩 차지하고
저마다의 이야기를 풀어낸다
환자가 된 사연을,
갖가지 민간처방을,
병을 정복한 무용담을,
이 순간의 이야기들은 페스트를 피해
외딴 성에 모인 사람들이 풀어내는 데카메론이다
병실을 떠돌며 반짝이는 생기 있는 순간도 잠시,
바래고 탁해진 말들이 도도히 흐르는
시간의 물결 속으로 잠겨든다

하류로 흐르지 않는 물이 없는 것처럼
말들은 모두 미래를 향해서 흘러간다

숨은 꽃
– 병상일기 4

8병상 공동병실에서 꽃 한 송이 만났네
세상 한 모퉁이 후미진 골목에
혼자 피었던 꽃
숨어 자란 강인함으로 마음 잘 다스리고
오랜 세월 같이한 바람소리 더불어
침상 위에 좌정한 한 송이 꽃
따스한 기운 한 자락, 은은한 향기
병실 안을 맴돌았네
일찍 가신 아버지는 당시唐詩를 애송한 학인이셨나
한 점 남기고 가는 혈육의 시간이
언제나 봄날이기를 바라셨나
낙양춘일,
떨구고 간 시 한 수
한 송이 꽃으로 피어 따스한 기운
고루 나누며 잘 살고 있었네

일곱 시부터 일곱 시까지
– 병상일기 5

지구라는 위성이 바른 자세로 자전한다면
낮과 밤은 정확히 열두 시간으로 나뉘었을 것이다
일출 전의 박명薄明이 없고
일몰 후의 황홀한 노을도 없는 지구에서
사람들은 바른 자세로 걷고 바른 생활을 하고
직립의 아기를 낳을 것이다
지구의 자전축이 23.4도 기울었으므로
양수 안의 태아는 둥그렇게 몸을 만 채 손가락을 빨고
어른들은 잠 못 이루는 밤을
하얗게 지새우며 몸을 뒤척인다
일상의 거리에서 사람들이 휴식을 준비할 때
병실의 일곱 시는 잠자리를 준비하는 시간
침상에서의 혼곤한 잠을 준비하는 사람들
꼬박 열두 시간의 기다림이 시작된다
잠 오지 않는 밤에는 달빛 아래 체조라도 해야 할까
창문 앞을 서성이며 먼 산을 보아야 할까
하지만 누구도 침상에서 일어나지 않는다
비록 거짓 잠이라도 타인의 잠은 소중하므로
지금은 서로가 서로를 지켜주는 시간

이윽고 조심성 없는 당직간호사의
신발 끄는 소리와 함께 아침이 온다
모두들 깊은 잠에 들었던 양
어리둥절한 모습으로 두리번거린다

꽃밭에서
　– 병상일기 6

매화, 산수유, 생강나무꽃, 개나리,
진달래, 벚꽃, 배꽃, 복사꽃,
목련까지…
봄꽃을 만나지 못하였다

좁아진 척추관과 고장 난 관절을 위해
아낌없이 부어주는 약수인
검은콩두유가 우윳빛 강이 되어 흐른다
누덕누덕 기워 붙인
헝겊인형 같은 몸뚱이들
네모상자가 전해주는 트로트 리듬과
음모와 배신이 난무하는 드라마에 몰입한다

세월이라는 비바람이 할퀴고 간
늙은 꽃들이 스스럼없이
저마다의 상처를 내보인다
지금 꽃밭의 꽃들은 한껏 만개 중
거센 비바람 휘몰아쳐
자주달리아 진 그 자리

가을햇살 담은 금잔화 핀다

봄꽃은 만나지 못하고
인생 꽃 만개한 꽃밭에서
한 철을 잘 보내었다

겨울 숲에서
- 병상일기 7

수척한 얼굴로 조용히 미소 짓는
회복기의 환자 같은 겨울나무
느낌표 같은
물음표 같은
가지들 뻗은 채 말이 없다
비껴 닿은 햇살의 그림자도
마른 몸으로 비스듬히 눕는다
군더더기 떨어내지 못한 나에게 묻는다
어디까지 비웠니?
얼마만큼 가벼워졌니?
더 깊은 내 안으로 들어와 봐!
겨울 숲 속으로 들어오기에 너는 너무 뚱뚱해!
떨어낼 것 다 떨어내고 나처럼 가벼워져 봐!
올무처럼, 함정처럼, 엉긴
덩굴풀의 마른 줄기가 발목을 잡는다

허방을 딛듯 허청거리는 발길로
고개 떨군 채 오솔길을 걸었다

봄

얼어붙었던 살결에
실금 툭툭 터지며

연초록치마저고리로

사랑이 다시 왔다

폭풍우 지난 후

비바람 휩쓸고 지나간 오솔길에
상수리 잎과 열매들이 떨어져 있다
오솔길을 가득 메운 초록의 주검들
높은 우듬지에서 햇살을 쬐며
살랑거리던 잎과 열매는
바람에 흔들리는 나무를 위해
제 어리고 여린 생명을 바쳤다
그들은 거센 비바람을 홀로 견디는
키 큰 상수리나무의 파수꾼이다
이 어리디 어린 잎새와
여물어보지도 못한 열매들은
제 근원이고 어미인
나무의 뿌리로 스며들어
다시 잎이 되고 열매가 되어
나무는 더욱 무성해질 것이다

폭풍우 지난 뒤의 오솔길에서
선순환의 고리를 생각한다
대기를 맑히는 비와 바람의 순환

나무를 무성하게 하는
어린 잎과 열매의 희생과 탄생
잠수함을 탄 카나리아와
혼탁한 사회의 파수꾼인 시인을 생각하며
서성이는 아름다운 시간이다

평온하다는 말

그대가 나에게 평온하다고 말한다
나는 그대에게 아주 평온하다고 말한다
하지만 우리의 평온은 진정한지 몰라
그대의 평온과 나의 평온은 같지 않다

지구에 도달하는 태양의 빛과
지구가 받아들이는 태양 에너지의
약간의 어긋남이 지구를 살아있게 하고
지구에 생명이 있게 한다
그 생명력이
하늘과 바다 사이를 순환하고,
바람을 일으키고
동식물을 자라게 한다
지구와 태양의 비평형상태가
우리를 평형상태로 있게 한다
자연의 비평형이 우리를 평온하게 한다

진정한 평온은 죽음과 같아서
완전히 균일한 평온,

거기에서는 아무 일도 일어나지 않는다

나비의 날개무늬와 기린의 얼룩무늬
만큼이나 다른 그대와 나의 색깔
그 다름이 우리를 평온하게 한다

지구 한 조각

물살에 매끈해진 조약돌 하나를
허리 굽혀 줍는 일은
지구에 경배하는 일
거센 바람에 시달리며 자란
소나무에게서
솔방울 하나를 얻는 일은
생명을 찬탄讚嘆하는 일

난 오늘 지구 한 조각을 받았다
2억5천만년 동안 생멸을 거듭한
겉씨식물의 열매를 선물로 받았다
그 가늠할 수 없는 순수를

지구만큼 둥그렇게 커지고
원시의 숲처럼 높이 자라날,
시간이 맛있게 익어가는 이 순간
대기를 떠돌던 이슬 한 방울
내 눈에 고였다 떠나가네
눈물 많은 그를 향해 떠나가네

제4부

하양과 검정의 만다라

거미줄

- 만다라 1

방사상으로 퍼져있는 씨줄이 주어진 조건이라면 씨줄을 연결하는 예쁜 다각형의 날줄은 거미의 창조적 결과물이다 거미는 뾰족한 꽁무니에 힘을 주며 이 줄과 저 줄 사이를 가로 지른다 투명한 실이 풀려나와 씨줄과 씨줄을 연결하며 고정될 때 거미의 몸은 바르르 떨린다 과업을 완수하고 난 뒤의 성취감과 잠깐의 휴식 끝, 거미는 다시 바쁘게 움직인다

시골길에 줄지어 선 포플러 가지와 가지 사이에 걸린 커다란 거미줄에는 푸른 하늘이 담겼다 가고 흰 구름도 쉬었다 간다 바람이 잠깐 멈춘 사이 등황색 햇덩이가 거미줄에 걸리었다 거미가 잡은 세상에서 가장 큰 먹이, 거미는 저 햇덩이를 야금야금 먹어치울 것이다

해가 지고 밤이 되어도 식지 않을 거미의 체온, 태양의 온기로 잉태된 작은 거미들 뿔뿔이 흩어져 저마다의 삶의 줄을 치고 있다

백만 개의 별

– 만다라 2

어릴 적
평상에 누워 올려보던 밤하늘
쏟아지는 은하수 별빛 아래에서 행복했었네
하늘 한번 올려보지 못한 시간들
모두 지나가고
다시 올려다보는 밤하늘의 별빛들 희미해지고
눈물 그렁한 눈으로 들여다보는 내 마음의 심연
어린 시절
그 별빛들 살아 숨 쉬고 있네
검은 유리 깊은 연못에 뜬 별빛들
다정한 손짓을 따라가 보면
보일 듯 말 듯 어른거리는 그때 그 별자리들
모였다 흩어지는 별무리 속에서 찾는 숨은 그림
떠나가는 이의 쓸쓸한 뒷모습처럼
무덤가 연분홍술패랭이꽃으로 피어났네
노랑나비 한 마리가 이리로 오라 날갯짓하고
모란꽃 벙그는
끊임없이 피고 지는 저 유현함이여
까마득히 잊었던 그리운 풍경들

새록새록 되살아나는 시간
하얀 종이에 찍는 점 하나씩이 모여 별자리가 되고
별자리 뒤에 어른거리는 숨은 그림에서
꿈과 추억을 길어 올리네

매듭, 맺기와 풀기
- 만다라 3

삶이 바로 매듭 맺기라며
한 매듭 한 매듭 엮은 시간도
모이면 아름다워지는 걸까

화사한 색깔로
가볍게 날아오르는 날갯짓

저 소중함으로
홀로 빛나는 무지갯빛 매듭을
한 코 한 코 더듬어가며 풀기

나비의 은유
- 만다라 4

하얗게 빛나는 중심으로
모여드는 나비의 군무는 아름답다

집중하는 힘으로 젓는
연약한 날개들에서 번득이는 인광이
작은 햇살 조각처럼 빛난다

다시 태어나고 싶은 나비는
모든 빛의 통합으로
하얗게 빛나는 중심을 향하여 뛰어든다

제 몸을 던져 불사른 나비만이
더 아름다운 날갯짓으로 다시 태어난다

크고 뚱뚱하고 게으르게 꿈틀거리는
줄무늬 진
저 네모꼴은 나비의 은유이다

과녁과 연꽃

－만다라 5

1

사대에 선 궁수는
활시위를 당긴 채 먼저 마음을 쏘아 보낸다
궁수의 마음과
과녁의 뜻이 일치되었을 때 과녁은
비로소 제 중심으로 화살을 맞아들인다

2

한 톨의 씨앗이었다가
활짝 핀 꽃이었다가

중심으로 모여 응집된 힘만으로
제 모습을 바꾸는
물과 불과 바람을 모으는
대지의 힘은 어디에서 나오는 것일까

3

나의 응시

내 집중의 힘으로
네 가슴에서 연꽃 한 송이 피우련만

나비는 자신이 애벌레였음을 기억한다
– 만다라 6

기억은
파편화되어 저장된다
알록달록 알사탕이었다가
운동장의 만국기였다가
휘황한 밤거리의 네온 빛이었다가

나부끼는 말씀들
히말라야 산길의 오색 룽다
햇빛에 바래고 바람에 닳으며 희미해져간다
귀도 순해지고
눈도 순해지는 때
거센 바람에 마모되어 없어져도
룽다를 매달며 기원하던 말씀들은 없어지지 않고
만인의 기억으로 건재하다

깊숙이 저장되었던 기억들이
색색의 조각으로 헤쳐 모인다
충돌하고 깨지고 닳으며 흩어졌다가
마침내 다시 모이고 정렬하는 기억의 파편들

〉
자신이 애벌레였음을 기억하는 나비는
영원히 날갯짓을 하고
원환에 가둔 색색의 기억들은
영원히 아름다울 것이다

* 룽다 : 風馬, lungdhar, 바람의 말. 티벳불교의 기도깃발. 강물이 바라보이
는 언덕이나 벼랑에 세워진다. 소망이 강물로 흘러 부처님께 닿기를 빌며
기원을 담거나 재액을 막는 의식과 함께 세운다.

생명나무

– 만다라 7

갈색과 금색과

보라색의 어울림으로 빛나는

청동빛 아름다운 둥치에

가만히 기대보는 안온한 평화의 시간

그의 가슴에 기대어

바라보는 들판은 황금빛으로 출렁이고

가지에 매달려 나부끼는

수많은 잎새들은 누구를 부르시는지

반짝반짝 빛나며 매달린

열매들은 누굴 위한 일용할 양식일지

힘센 뿌리로 대지를 움켜쥐고

하늘을 바라고 뻗어 오른다

그의 생명력은 마르지 않는다

물과 불과 바람을 아우르는

대지의 힘으로

하늘과 땅을 오르내리는

영원의 에너지로

뿌리에서 우듬지 끝까지

너른 품을 찾아든 작은 생명들에게

골고루 나누어주는 은혜의 말씀이 있다
생명나무는 굳건하다
그는 한 알의 작은 씨앗이 품고 있는
무한한 가능성을 표상하는 존재다

평화로운 리듬으로

– 만다라 8

수수한 꽃받침이
화려한 꽃 한 송이를 받쳐 모셨다
가녀린 줄기 끝에서
꽃을 받들고 있는 꽃받침의 평화

그가 두 손을 모아
받치고 있는 꽃은
현상으로 나타난 꽃인 존재
내재하는 우주의 섭리다

꽃을 피우고
꽃이 맺은 씨앗을 품는 자궁인 꽃받침

여성성의 궁극인 존재는
주장하지 않는다
언제나 의연하다
묵묵히 제 할 일을 할 뿐
제가 낳은 꽃을 받들어 모시고
바람에 할퀴고 찢긴 상처를 어루만질 뿐

〉
합장 기도하는 손 같았다가
활짝 펴 간구하는 손이다가
다시 꼭 쥔 주먹이 되는 자궁

그 안에서 대자연은 질서를 찾고
별들은 평화로운 리듬으로 하늘을 운행한다

밤에 피는 꽃

– 만다라 9

은색 달빛 아래
소곤소곤 속삭이며
퍼져나가는 향기
.

.

.

땅 속으로 뻗어나간
실뿌리
서로 손 잡고 펼치는 농무

놓아주기와 간직하기

  – 만다라 10

내 곁을 스쳐간
봄 여름 가을 겨울과
내가 본 여명과 노을
그 시간의 무게는 얼마나 될까
다가왔다가 떠난 사람들과
또다시 다가오는 인연들
그 마음의 크기는 얼마만큼일까
가늠할 수 없는 것들
놓아주고 떠나보낸 줄로만 알았던 것들
고스란히 내 안에 간직되어 있다
켜켜이 쌓인 마음의 지층
시간의 더께 안에 점점이 박힌 화석 같은 추억
엷게 바래가는 기억들 속에서
추억의 색깔과 형태는 점점 더 아름다워진다
웃음소리는 오색의 보석이 되고
눈물은 깊이 숙성되어 바로크 진주가 되었다
때때로 꺼내어 어루만져보는 나만의 보석들

아직도 발굴하지 못한 지층들
열지 못한 비밀의 방들
희미한 빛살 아래 잠들어 있다, 나의 추억들

인디고 블루

  - 만다라 11

분열하는 지구는 몸부림친다
전쟁과 살상
사람들은 간간이 긴 숨을 토하며
서로 얼굴을 쳐다본다

지구는 간신히 숨을 쉰다
시들어가는 농작물과
타는 경작지 앞에서
슬프게 져가는 핏빛 노을을 본다

죽어가는 아기를 보는
젊은 엄마의 슬픈 눈망울의 빛

인디고 블루
그 깊은 빛살, 가없는 에너지는
그치지 않고 쏟아진다

슬픈 노을 너머로
퍼져가는 보랏빛 안개는

지구에 부어주는 우주 에너지의 그림자이다

우리를 살아있게 하는
영원한 사랑이다

하양과 검정의 만다라

- 만다라 12

하얀 종이에 찍은 점 하나는
그 안에 무한한 가능성을 지닌다
직선이거나 곡선이거나 동그라미이거나
별무리를 품은 하늘이 될 수도 있는
점 하나 앞에 두면 마음 또한 무한대가 된다
전생轉生과 전생轉生의 어느 사이
찰나와 영원이 구별되지 않은 그때
영혼이 부유하며 듣고 본 형상과
이야기들이 자동기술 하는 손을 따라
하얀 종이에 옮겨진다
신열에 들떠 움직이는 손길을 따라 생겨나는
곡선, 그 안에 빼곡히 채워지는
발생 단계의 배아 혹은 올챙이 같은 형상
씨앗 속에 숨어있던 여린 새 잎과 나뭇가지
제가 가지인 줄도 모르는 나뭇가지는
자궁 안의 태아처럼 연약하고 둥글게 구부려져 있다
어느 미래의 시간에 그 나뭇가지에 앉아 지저귈
새는 부리를 벌리고 날개를 접은 채 잠들어 있다
작게 꼬물거리는 형상들 사이사이에

작은 동그라미
어리고 여린 뭇 생명들에 들숨과 날숨을
불어넣어 내 안의 만다라를 완성한다

보고 있다
- 만다라 13

보고 있다
으슥한 골목길마다
골목과 골목 사이 모서리에서
둥글고 투명하게, 어떤 감정도 없이
움직임을 보고 기록하는 커다란 눈이 있다

덫에 걸린 짐승의
인광이 번득이는 새파란 눈처럼
빤히 보고 있는 어떤 시선
존재의 근원, 심연의 암흑 아래
영원히 잠들지 않는 제 삼의 눈이 있다

누가 보고 있다
멀고먼 저쪽에서 오는 응시
그 시선이 닿는 곳마다
물의 거죽이 벗겨지고 풍요로운 속살이 드러난다
사계를 따라 다른 꽃이 피었다 지기를 반복하고
밤의 지구, 휘황한 불빛들은
응시하는 눈의 깜빡임을 반영하듯 명멸한다

〉

조심해라

누군가 지구를 보고 있다

지구를 둘러싼 ∞의 물

– 만다라 14

나무는 초록빛으로 변한 물

꽃은 꽃물이 든 물

초록빛 나무, 물의 그늘 아래서

하양, 노랑, 분홍 꽃물이 핀다

실뿌리 같은 골짜기를 따라 흐르는 물

대지를 적시고 대양으로 나아간 물이

지구를 초록빛으로 물들이고 뭇 생명을 번성하게 한다

바람이 불고 비가 오고

작물이 자라고 사람이 생겨나는 일, 물이 하는 일

테라 로사

말라가는 사막 아래 은밀히 흐르는 물길

사막을 걷는 낙타는 물의 냄새를 따라 터벅터벅 걸어간다

초록빛 무성한 나뭇잎에 갈색 물이 드는 때

작고 알찬 열매로 맺혔던 물이

대지로 스며드는 시간에는

온 누리를 에워싸고 무한대로 흐르던 물빛도 순해진다

만상이 잠드는 겨울

지구를 둘러싼 물은 하얀 눈의 모습으로

대지를 포근하게 감싼다

겨울의 물이

하얀 육각형, 눈의 결정으로 빛나고 있다

옴파로스

– 만다라 15

사막에도 배꼽이 있다

드넓은 모래사막 한가운데 어디쯤 숨어있는 사막의 배꼽, 작은 구멍으로 뿜어져 나와 불어오는 바람에 흩날리는 모래에 섞이는 광석들 자잘하게 부서지고 퍼져나가 확산되는, 지구의 중심에서 태어나 사막의 구성성분이 되는 오색찬란한 보석들, 그래서 사막의 모래알은 밤낮으로 신비롭게 반짝이고, 사람들은 신기루의 사막을 그리워한다

지구의 배꼽이라 불리는 울룰루 사막은 경배의 대상이 되고 나미비아의 붉은 사막의 배꼽에서는 철성분이 뿜어져 나와 붉은 모래가 되고 오랜 옛적 해저였던 하얀색 소금사막 아래에서는 지금도 소금장수의 맷돌이 돌아가고 비슈누의 배꼽에서 피어난 연꽃 한 송이, 그 연꽃에서 태어난 브라마는 우주의 창조주가 되었다

화산은 붉게 성난 마그마를 내뿜고 지하를 흐르는 수맥에서는 열수가 흘러나와 농경지를 풍요롭게 하고 사막의 배꼽은 지구의 암석을 고운 모래로 만드는데 머릿

속 회색뇌세포의 깊은 골짝 어디쯤인지 가슴속 붉게
두근거리는 심장 깊이 어디쯤인지 꼭꼭 숨어라 머리
카락 보일라 숨어있는 내 영혼의 배꼽에서 분출되는
외마디 말, 거칠고 조악한 돌덩이 하나 갈고 또 갈며
보석이 될 날을 기다린다

확산하는 씨앗

- 만다라 16

하늘 가득 떠도는 씨앗
빙빙 돌며 가볍게 떠다니는 씨앗

잉태하고 키우고 간직했던
씨앗으로 가득한 씨방을 활짝 열어
어서 가라 어서 가라 떠밀어내는
꽃 한 송이의 힘
불꽃놀이의 불꽃처럼 팡팡 터지고
폭발하며 퍼져나가는 씨앗의 비행
가벼운 저 비행의 의미는 결코 가볍지 않다

어미인 꽃의 사랑을 간직한 채
떠나가는 꽃의 딸들
떠도는 저 씨앗들에게는 경계가 없다

초록빛 풀밭이나 절벽 바위
도심의 보도블록 틈새
대지가 마련해주는 한 줌의 흙
어디에라도 안착하여

연약하면서도 강인한 한 송이의 꽃

사랑 많은 어미가 된다

시인

- 만다라 17

눈으로는 별을 좇으며
가슴에는 꽃을 품는다

단단히 깍지 낀 두 손에서 흘러나와 졸졸졸 흐르는 물길
을 따라 펼쳐지는 연둣빛 풀밭에는 검은 초록의 향나무
한 그루가 자란다 초록빛 불꽃처럼 타오르며 키를 높이는
향나무는 시인의 절대시 한 편을 기다린다

비움으로서 채워지는 사람,
온전히 비웠을 때
시 한 편이 찾아온다

밤의 과수원

- 만다라 18

1

달빛 어린 언덕은 아름다워라
검은 초록으로 빛나는 풀밭과
드문드문 서 있는 과실나무는
그림자에도 열매가 맺혔다
적갈색 대지가 키운 충실
붉고 푸른 열매들이 하얗게 웃을 때
소리 없이 일렁이는 동심원의 파동

2

서리 내려 반짝이는 풀밭에
열매들 떨어질 때
말없는 달빛은 대지를 어루만지고
먼 데서 빛나는 별빛 영롱하게 반짝인다
검은 하늘 아래
한밤의 언덕에 서서 심호흡 한다
대기를 가르며 떨어지는 별똥별
짧게 불타는 꼬리가
공중을 환하게 밝히는 순간
하늘 한쪽 열려,

물에 잠긴 산

 – 만다라 19

달빛 비치는 호수에 잠긴 산
완만한 능선의 낮은 산보다
물에 잠긴 산이 더 높다
보여지는 모습보다
보이지 않는 내면이 디 넓고 깊다

잔잔한 수면에 닿아
잔물결을 이루는 달빛,
허공에 홀로 떠
산과 물을 비추는 달은 외롭지 않다

나의 꽃밭

　- 만다라 20

귀 기울여듣고 이해하기
따뜻한 마음으로 공명共鳴하기
관대함으로,
마침내 자유롭기

내 꿈의 꽃밭에는
몸을 구속하지 않고
눈과 마음을 찌르지 않는 꽃이 핀다

광대한 평원
먼 끝으로 아스라이 솟아난 산맥
초지에는 하얗고 순한 짐승들이 살고 있다
산맥을 넘어 온 거센 바람도
나의 꽃밭에 이르면 잔잔한 미풍이 된다
벌판 가득 핀 꽃을 흔드는 바람의 손길
색색으로 피어나
어렴풋이 흔들리는 꽃

나만의 꽃밭,
보이지 않는 땅 속에서 알뿌리가 여물어가고 있다

상징의 시학, 혹은 생명의 만다라
– 손애라, 『내 안의 만다라』의 시세계

황치복(문학평론가)

1. 색色과 상징의 세계, 혹은 생명에 대한 열망

2002년 《실상문학》을 통해 등단한 손애라 시인은 그동안 『그림엽서』(시선사, 2007)와 『종점부근』(작가마을, 2013)이라는 두 권의 시집과 『꽃비 내릴 때까지』(작가마을, 2015)라는 산문집을 펴낸 바 있다. 그동안 시인은 서민들의 신산한 삶의 모습에 주목하기도 하고, 상상력을 한 없이 넓혀서 삼국유사에 실려 있을 듯한 설화說話의 세계에 탐닉하기도 하고, 고고학적 상상력을 발휘하여 박물관이 지닌 다양한 시적 의미와 함의를 탐구하기도 했다. 이번 시집은 시인의 세 번째 시집인데, 그동안 시인이 추구했던 시적 세계가 정제된 형식을 갖추면서도 그윽하고 깊은 상상력과 사유의 세계를 그려내고 있다는 점에서 주목할 만한 시적 발전을 목격할 수 있다.

　가장 주목되는 점은 시인의 시적 세계가 세계의 이면에 숨어 있는 실체와 의미를 발굴하기 위해서 상징이라는 기제를 주요한 수단으로 확보하여 활용하고 있다는 점인데, 시인의 상상력은 색色의 상징에서부터 만다라의 상징에 이르는 과정이라고 할 수 있을 만큼 시적 상징에 경사되는 경향을 보인다. 잘 알려져 있는 것처럼 상징象徵. symbol이란 추상적인 개념이나 사물을 구체적인 사물로 나타내는 표현, 혹은 그렇게 나타낸 표지標識나 기호, 물건 따위를 지칭하는 용어이다. 상징은 부호라든가 기호, 혹은 암호 등의 의미와 긴밀히 연결되어 있는 것에서 알 수 있듯이 상징의 이미지 배후에 무엇인가 실재하는 존재를 암시하거나 계시하는 작용을 한다. 기호sign가 어떤 대상을 가리키는 것에 한정된다면, 상징symbol은 어떤 대상을 가리키면서 그 실재를 드러내는 다층적 의미 구조를 지니고 있는 셈이다.

　상징은 인간의 직접적 체험으로는 밝혀지지 않은 실재the real의 양태라든가 세계의 구조를 드러내기 때문에 근원적 세계라든가 성스러운 존재의 표상과 연관되곤 한다. 상징은 인간의 인식으로 명증하게 인식되기 어려운 어떤 실재의 그윽한 측면을 드러내거나 명료한 이미지나 의미로 표상되는 개념 이상의 어떤 신비스럽고 성스러운 아우라를 표현하기 위한 수단인 셈이다. 그러니까 상징은 세계의 신비와 비밀, 그리고 인생의 그윽한 의미와 불명료한 진실에 접근하기 위한 가장 중요한 수단이자 기제가 되는 셈이다. 이러한 사실을 시적인 통찰로 파악한 보들레르는 그의 시 「교감Correspondances」에서 "자연은 하나의 신전, 거기서는 살아 있는 기둥들이/때때로 어렴풋한 말소리를 내고,/인간은 친밀한 눈으로 자기를 지켜 보는/상징의 숲 사이로 거기를 지나간다"고 노래한 바 있다.

보들레르에게 자연은 단순한 사물이 아니라 어떤 암시와 계시를 품고 있는 부호이자 암호로써 성스러운 존재의 세계로 접근하는 통로가 되는 셈이다. 손애라 시인 또한 세계에 존재하는 다양한 사물들이 단순한 사물이 아니라 다양한 의미와 가치를 함의하고 있는 하나의 상징으로서 인간의 해석을 기다리는 표상으로 간주한다. 그리하여 시인은 사물들이 품고 있는 색이라든가, 시간들이 어떤 성스러운 실재라든가 가치와 연결되어 있다고 믿으며, 그러한 연관성을 포착하려고 하며, 생태계의 다양한 사물이나 현상에서 생명의 성스러운 가치와 의미를 발견하려고 한다. 이 시집의 제1부는 색色이 함의하고 있는 다양한 상징의 가치의 의미에 대한 탐구로 바쳐지고 있다. 다음과 같은 시에서 색의 상징성에 대한 시인의 관심을 읽어낼 수 있다.

그대에게 보내는 나의
말씀이 꽃으로 피나니

그립다는 말은 쑥부쟁이꽃으로
보고 싶은 마음은 보라색 엉겅퀴꽃

기다리는 마음은 하얀 솜다리꽃
그대가 있어서 행복한 마음이면
주홍색 제라늄꽃으로
초록색 잎새 위에 다소곳이 피어

그대와 나누는 즐거운 담소에서는
어떤 꽃이 필까
치자꽃 향기가 풍기는 시간,
이 생과 저 생 사이 어디쯤에서
누가 누구를 응시하며
흔들릴까, 그렇게 흔들려볼까

— 「말씀이 꽃으로 피다」 전문

"말씀이 꽃으로 핀다"는 구절은 꽃이 어떤 말, 곧 어떤 의미를 함의하고 있다고 해석해도 될 것이다. 그리고 꽃은 꽃 그 자체로 상징적인 의미를 지니고 있는 것이기도 하지만, 그것이 담고 있는 색을 통해서도 어떤 감정이나 정서, 혹은 마음의 상태를 상징하는 역할을 할 수도 있다. 괴테는 그의 저서 『색채론』에서 색이 단순히 물리적이고 화학적 특성 외에도 감정感情이라든가 도덕성道德性과 연관될 수 있으며, 언어처럼 말을 하고 대중이 알아차릴 수 있는 상징성象徵性을 내포한다는 것을 강조한 바 있다. 색은 단순히 사물이 지니고 있는 물리적 성질이 아니라 다양한 심리적 의미와 정신적 가치를 지닌 하나의 상징인 것이다. 이 시에서 "자주빛 쑥부쟁이꽃"이 그리움의 표상이 되고, "보라색 엉겅퀴꽃"이 "보고 싶은 마음"

으로, 그리고 "하얀 솜다리꽃"이 "기다리는 마음"으로 연결되는 것은 색에서 감정과 도덕성 등의 심리적이고 정신적인 가치를 읽어내려는 시인의 의도에서 기인하는 것으로 이해할 수 있다.

이 시에서 가장 주목되는 곳은 3연인데, 여기에서는 "치자꽃 향기"의 상징적 의미가 그윽하고 심오한 지점까지 나아가고 있기 때문이다. 순백의 맑고 깨끗한 꽃의 색깔도 그렇지만, 그 매혹적이고 짙은 치자꽃의 향기에 대해서 시인은 "이생과 저 생 사이 어디쯤에서" 존재할 수 있는 어떤 관계, 서로를 응시하며 마주보며 교감을 나누고 있는 어떤 그윽한 관계에 대한 표상으로 승화시키고 있는 것이다. 치자꽃의 향기를 통해서 시인은 윤회의 시간이라든가 어떤 운명적인 만남 등의 표상 등을 읽어내고 있는 셈인데, 이처럼 색과 꽃을 통해서 읽어내는 상징적 표상들은 시인이 추구하는 가치를 암시하고 있기도 하다.

그 가치들을 찾아보면, 「달개비꽃」에서는 보라색의 색채에서 순수했던 유년의 시절에 대한 추억을 끌어내고 있고, 「초록 혓바닥」에서는 초록의 색채 속에서 강인한 생명력이라는 가치를 읽어내고 있다. 이러한 구도에서 손애라 시인은 첫 시집에서부터 생명에 대한 관심과 애착을 보여준 바 있는데, 결국 꽃이라든가 색채의 상징을 통해서 탐구하고자 하는 세계 역시 생명과 관련되어 있음을 알 수 있다. 다음 작품에서 이를 분명히 확인할 수 있다.

초봄의 새싹은 노랑으로 시작하여
연둣빛 숙성과정을 거쳐
잘 발효된 초록이 된다
초록이 무르익으면 잎사귀마다
노랗게 물드는 가을의 전조前兆

여름의 절정에서 빛나던
초록잎사귀는 가을이 오면
벌레 구멍을 내며 노랗게 늙는다

해마다 풀은 저물 뿐,
노랑에서 노랑으로 떠도는 나그네

— 「풀잎은 노랑으로 시작하여 노랑으로 저문다」 전문

  이 시를 보면 생명의 과정이란 변색의 과정, 곧 노랑에서 시작하여 연둣빛과 초록을 거쳐 다시금 노랑으로 귀결되는 색의 변화과정으로 해석할 수 있다. 이러한 색의 변화과정에서 가장 중요한 색깔은 "풀잎은 노랑으로 시작하여 노랑으로 저문다"는 제목에서 알 수 있듯이, 노란색임을 알 수 있다. 노랑의 색채는 황금빛이라든가 태양빛과 연관되어 있으며, 그러한 점에서 고귀한 가치라든가 생명력의 상징적 함의를 지니고 있음을 알 수 있다. 또한 "초봄의 새싹"에서 연상할 수 있듯이, 가녀리고 애틋한 생명의 시작이라는 의미, 그리고 보호해야 할 어리고 무구한 가치 등의 상징적 함의를 지니고 있음을 추측할 수 있다.

괴테는 『색채론』에서 노랑을 긍정적이고 적극적이며 부드러운 자극을 주는 색이라고 규정하고 있는데, 긍정적이며 적극적이라는 점에서 생명의 능동적이고 역동적인 속성을 연상할 수 있고, 부드러운 자극이라는 점에서 여리고 애틋한 생명의 연성을 상상할 수도 있다. 또한 "노랗게 물드는 가을의 전조前兆"라는 대목에서 우리는 노랗게 물드는 가을의 단풍이라든가 노랗게 물드는 황금 들녘을 연상할 수도 있는데, 이때의 노랑은 생명의 성숙과 완숙이라는 의미와 조락과 소멸이라는 의미 등을 함축하고 있다.

하지만 중요한 것은 시인이 보기에 노랑은 끝이 아니라 연속과 순환의 의미를 내포하고 있다는 점이다. 즉 노랑은 초봄의 새싹에서 시작하여 가을의 노랑으로 이어지고, 다시 그 결실의 노랑은 초봄의 노랑으로 이어진다는 것이다. "노랑에서 노랑으로 떠도는 나그네"라는 시구가 노랑이 지닌 이러한 연속과 순환의 과정을 암시하고 있는데, 이러한 연속과 순환은 곧 생명의 속성이기도 할 것이다. 생명에 대한 관심은 손애라 시인의 주된 관심사로서 시적 중추에 해당되는 점이기도 한데, 그 중에서도 야생적 생명력에 대한 관심을 보여주는 태고적 시간에 대한 관심과 함께 원초적인 생명력에 대한 관심이 시인을 주홍빛 색깔의 상징으로 이끈다.

1
스칼렛 여인이 되고

싶다 빨간 입술 빨간 스카프
매고 거리로 나가서 힐끔힐끔

2
쳐다보는 시선도 아랑곳없이
사뿐사뿐
걷고 싶은 스칼렛 여인

3
초록빛 강철 같은 기둥들
사이에서 새빨간 연지 바른 큰 입을
벌리고 웃는 여자

4
도로변 화단의 겹동백은 거멓게
늙은 입술로 떨어질 줄
모르고 긴 겨울을 건너고 있다

― 「스칼렛 여인」 전문

색의 극치로서 빨간색은 태양과 불의 속성이기도 하고 피
의 빛깔이기도 하며, 여명과 석양의 노을빛이기도 하다는 점
에서 생명과 연관되어 있으며, 열정과 활력, 환희와 기쁨의
정동을 나타내기도 한다. 또한 그것은 성적 흥분과 광포성이
라는 광기와 관련되기도 하고, 피에 굶주림, 혹은 유혈의 범
죄나 재난과 연관되어 전쟁과 파괴의 부정적 함의를 지니기
도 한다. 그리하여 열정과 열의를 상징하는 빨간색은 그 원초

적이고 원색적인 색의 함의로 인해서 모든 금기와 세속의 가치를 초월하여 본능과 충동에 충실한 원초적인 생명력이라는 상징적 함의로 수렴될 수 있다.

진홍빛, 다홍빛, 혹은 새빨간 색으로 번역되는 "스칼렛scar-let"은 빨간색 중에서도 가장 짙은 빨간색으로서 빨간색이 지닌 다양한 상징적 의미의 극단을 함축하고 있다. 스칼렛은 시인이 "그대의 마음속 깊은 곳에/숨어살던 소망의 빛깔이여"(『자주빛 생각』)라고 노래했던 것처럼 은밀하고 강렬한 욕망의 표상으로서 시인의 내면풍경을 암시하고 있다. 스칼렛은 "힐끔힐끔/쳐다보는 시선도 아랑곳없이/사뿐사뿐/걷고 싶은 스칼렛 여인"이라는 대목에서 알 수 있듯이 세속적 관심과 도덕적 구속에서 자유로운 경지에서 생명의 본능에 충실한 원초적 욕망을 대변해준다. 그것은 시의 마지막 부분에서 "늙은 입술로 떨어질 줄/모르고 긴 겨울을 건너고 있다"라고 묘사되고 있는 거멓게 퇴색한 겹동백이 암시하고 있듯이, 죽음까지도 초월해 버리는 강렬도를 지니고 있는 열망임을 알 수 있다.

2. 시원의 시간, 혹은 원시적 생명력의 상징

색의 다양한 상징만큼이나 이 시집에서 주목되는 부분은 층층이 쌓여 있는 시간의 상징으로서 박물관이 함축하고 있는 상징적 함의들이다. 시인이 지니고 있는 원초적이고 야생적인 생명력에 대한 열망은 근원적이고 시원적인 태고의 시간으로 그 상상력을 끌고 간다. 시인은 오늘날 그 흔적을 남기고 있는 거대한 시간의 상징물에 관심을 집중하며, 화석에서 원초적 생명의 모습을 추적하듯이 상징의 숲을 통해서 거대한 원시적 생명의 바다로 나아간다. 이를테면 다음과 같이 해안가의 조개껍질 하나에서도 거대한 시간의 흔적이 아로새겨져 있음을 발견하기도 한다.

유채꽃 흐드러진 언덕 아래

가만히 엎드린 조가비 하나

아치섬 돌아오는 갯내음에

세월처럼 하얗게 삭고 있다

— 「조가비 하나—패총전시관 1」 전문

봄날 언덕 위에서 삭아가고 있는 조가비는 단순한 조가비가 아니다. "세월처럼 하얗게 삭고 있다"는 표현에서 알 수 있듯이 그 조가비에는 시간의 무늬가 새겨져 있다. 그리고 그 시간의 무늬 속으로 파고들어가 보면 선사시대에 조개를 먹고 살았던 원시인들의 삶의 모습까지 상상해 볼 수 있다. 조개 무덤을 전시하고 있는 전시관 속의 조가비 하나는 단순한 조개껍질이 아니라 수많은 시간의 더께가 쌓여 있는 시간의 형상이자, 원시인들의 삶의 모습이 새겨진 고고학적 화석인 셈이다. "박물관은 시간의 거룻배다"(「복천박물관의 순장자」)라고 인식하고 있는 시인은 화석이라든가 박물관의 유물들을 통해서 연어의 귀향처럼 시간을 거슬러 올라가 태고의 원시적 시간으로 회귀한다.

　　돌도끼 휘두르던 힘센 사나이들
　　그대 앞에 다소곳이 경배드린다

　　초경을 치른 어린 소녀들
　　어머니 손에 이끌려
　　기도의 말 속삭이며 배운

　　다산과 풍요의 여신

　　구천구백 살의 그대,
　　한반도의 미토콘드리아 이브

　　　　　　　　　　　　　　　—「토우 여인-패총전시관 2」전문

　시인의 설명에 의하면 미토콘드리아 이브는 여성의 성을 가진 최초의 세포를 일컫는 생물학 용어로서, 중앙아프리카를 최초의 발생지로 본다고 한다. 그러니까 미토콘드리아 이브는 지구상의 생명의 근원으로서 최초의 여성성이 발현될 씨앗인 셈인데, 시적 화자는 그것을 패총전시관의 토우 여인에게서 발견하고 있다. 여성성의 근원이기에 그것은 "다산과 풍요의 여신"이라고 할 수 있으며, 한반도의 미토콘드리아 이브인 "토우 여인"은 "구천구백" 년의 시간이라는 무한한 시간의 담지자이기도 하다.

이와 같이 신화적이고 종교적이며 고고학적인 하나의 사건인 "토우 여인"은 시적 화자로 하여금 원시의 시간으로 시간여행을 하도록 한다. 시적 화자는 토우 여인을 통해서 시간을 거슬러 올라가 "돌도끼 휘두르던 힘센 사나이들"인 원시의 건강한 남정네들을 만나기도 하고, 건강한 생산력으로 종족의 번식을 책임질 "초경을 치른 어린 소녀들"을 조우하기도 한다. 그러니까 패총전시관에 전시된 "토우 여인"은 무한이 쌓여 있는 시간의 상징이기도 하고, 거기에서 파생되어 나오는 야생적 삶의 모습과 생명력의 상징이기도 한 셈이다. 시인은 그 상징을 통해서 그윽하고 아득한 생명의 시원과 본향을 찾아서 들어가는 것이다. 그리하여 시인은 정관박물관에서 "오래된 우물"과 "맨발의 만다라"(「오래된 우물―정관박물관」)을 발견하기도 하고, 전곡선사박물관의 주먹도끼에서는 "내 안에 숨어있던 태곳적 기억"과 "사냥 나간 남정네를 기다리던/ 선사先史의 여인"(「주먹도끼―전곡선사박물관」)을 회상하기도 한다. 근원적 시간에 대한 발견은 자아 안에 숨겨져 있는 근원적 욕망과 생명력에 대한 발견이기도 한데, 이러한 사실을 다음 시가 잘 보여준다.

나, 문득 몽골의 처녀였으면 하네
손 크고 발도 크고

눈꼬리 치켜 올라간 몽고족 처녀
두드러진 관골 아래 꼭 다문 입매의
고집 세 보이는 그 처녀
붉고 푸른 그림치장 둘러친
아버지의 게르 안 나무의자에
단정히 모은 무릎 두 손 얹고 앉아
먼 이방의 손님을 기다리네
대춧빛 얼굴에 가슴 실팍한
용사가 검은 말을 타고 오는 날
백마를 타고 초원을 달려 나가
끝없이 펼쳐진 초원을 달리며
터우마갈 높이 세워
그대 사랑하고 또 사랑하고 싶네
용맹한 징기스칸의 후예
아들 딸 낳아
나는 몽골의 위대한 어머니 되리
무덤 없는 광활한 초원에서
당신과 조용히 묻히리, 이방의 그대

— 「몽골」 전문

　시적 맥락에서 보았을 때, 이 시의 주된 제재인 "몽골"은 잔
재주로 얼룩진 문명의 때가 묻지 않은 야생과 원시의 생명력
에 대한 상징이며, 도덕과 예절로 순화되고 길들여진 사회적
가치와 거리를 둔 본능과 충동의 상징이기도 하다. 그렇기 때
문에 "몽골"을 그리워한다는 것은 그것이 표상해주고 있는 야
생적이고 원시적인 삶을 동경한다는 것과 다르지 않다. 시적

화자의 분신인 손과 발이 큰 몽고족 처녀, 광대뼈가 튀어나오고 입을 꼭 다문 "고집 세 보이는 그 처녀"가 추구하는 것은 거칠 것 없는 광활한 초원을 백마를 타고 달리는 것, 그리고 먼 이방의 용사를 만나 "용맹한 징키스칸의 후예"인 아들과 딸을 낳는 것이다.

시적 화자가 지향하는 몽고족 처녀는 삶에 대해서만 본능에 충실한 것은 아니다. 그녀는 "무덤 없는 광활한 초원에서/당신과 조용히 묻히리"라고 하면서 죽음의 모습 또한 어떠한 가식과 허위의식도 없이 순수한 자연의 그것으로 돌아갈 것을 염원한다. 인간이 만들어낸 얄팍한 문명과 문화의 지층이라는 덮개를 벗겨버리면 드디어 드러나는 거대한 지층의 자연과 야생의 가치로 귀의하려는 시적 의지를 확인할 수 있다. 시적 화자가 추구하는 "몽골의 위대한 어머니"라는 형상 또한 인간의 그것이라기보다는 대지의 여신인 데메테르나 가이아와 같은 신화적 차원, 혹은 스피노자가 말한 "능산적 자연"의 그것과 같이 생산적 힘이라는 생명력의 차원으로 비약해 있다. 시인이 태고의 시간이라는 상징의 문을 통해서 원시적 생명력이라는 가치와 만나게 될 때 다음과 같은 아름다운 작품이 탄생하기도 한다.

"당신을 본다"
나비족의 인사를 우물거린다 몽골리안의 특징인 쌍꺼풀 없는 담갈색 눈을 마주 본다 그의 동공은 언제나 흔들림이 없다 맑고 고요한 호수를 들여다보는 것 같다 호수 뒤쪽으로

펼쳐진 지평선 위로 아득하게 보이는 타이거의 삼림, 동토지
대에 쌓이는 눈은 모든 소리를 빨아들인다 침엽수 가지에 얹
힌 눈더미가 제 무게를 못 이기고 슬로우 모션으로 떨어져도
소리가 없다

　마구 던지는 나의 말들이 빠르게 날아간다 작고 매끈한 조
약돌이 되어서 수면 아래로 가라앉는 의미 있거나 없는 단어
들, 잔물결 하나 일지 않는 그 호수는 얼마만한 깊이일까, 가
늠할 수 없다 그 담갈색 눈동자 뒤의 머리는 무엇을 생각하
고 있을까, 알 수 없다

　호수를 넘어서 침엽수의 숲 가장자리에 그가 작은 모닥불
을 피운다 자작나무의 잔가지를 던져 넣으면 자작거리며 수
액樹液이 끓는 소리, 세상 근심을 잠재우는 그 소리 작은 모닥
불이 크게 번져서 타이거의 숲 전체를 태울 것 같은 감각의
확장, 그 소멸의 열기를 상상하며 불꽃을 돋우었다

　고요하고 또 고요하다 나는 지금 어디쯤 와 있는 것일까 백
석과 나타샤도 와 보지 못한 곳, 툰드라에 왔다 내 마음 속의
툰드라, 그의 고요와 나의 열망이 만나는 곳, 수수만년을 타
고 내려온 핏줄 속에 살아 용솟음치는 모험에의 욕망이 끓어
오를 때마다 나는 그 담갈색 눈을 들여다본다

　작은 풀꽃의 生과 滅, 저마다의 꿈과 말들이 幻이 되어 너
울거리고 굽이치며 소멸하고 다시 태어나는 곳, 그 곳이 멀
지 않다

— 「툰드라」 전문

　　이 시에서 문제가 되는 "툰드라"란 북극해 연안의 동토지대
로서 삼림한계보다 북쪽의 극지에 해당되는 지리적 영역을
말하는 것은 아니다. 그것은 말 그대로 "내 마음 속의 툰드라"

로서 생명의 현상이 이루어지기 힘든 극한의 상황 속에 있는 극지로서 한계 상황을 함축한다. 극지로서의 한계 상황인 툰드라는 광활한 생명의 터전으로서 원시적이고 근원적인 생명의 근원을 보여주는 곳이기에 역설적으로 생명의 본질과 의미를 가장 극적으로 드러내는 곳이기도 하다.

시적 화자가 그려내는 툰드라의 본질적인 특성은 "고요"라고 할 수 있는데, 생명의 근원적 터전이자 모습을 간직하고 있는 툰드라의 본질이 고요인 이유는 그것이 "모든 소리를 빨아들이"기 때문이다. 그것은 최첨단의 문명으로 무장한 인류의 침공을 원시적인 지혜로 물리친 영화 〈아바타〉의 나비족의 눈동자가 모든 형상을 빨아들이듯이, 모든 소리들을 빨아들이는 호수를 지니고 있다. 그리하여 그것은 눈더미가 떨어지는 소리를 비롯하여 인간이 발하는 단어와 말들을 모두 가라앉혀 버린다. 온갖 소음과 불협화음이 깊이를 알 수 없는 호수에 가라앉아 고요하고 또 고요한 곳으로서의 툰드라란 태고적 시원을 간직하고 있는 근원이자 존재자들의 본향이라고 할 수 있다. 그러하기에 거기서는 "작은 풀꽃"의 씨앗들이 움터서 자라고 멸하며, 소멸과 재생이 영원히 반복되는 생명의 터전이며, 언제나 새롭게 시작하는 곳, 즉 프리드리히 니체가 말한 "영원회귀"의 실체이기도 하다.

시적 화자는 영원히 젊고 새롭고 신선하며, 창조와 파괴가 영원히 반복되는 역동적인 공간인 툰드라에 대해서 "수수만년을 타고 내려온 핏줄 속에 살아 용솟음치는 모험에의 욕망이 끓어오를 때마다" 그곳을 꿈꾼다고 말한다. 툰드라는 그러니까 모험과 도전의 원시적 경험이 도도하게 전해져서 환기시켜주는 야생적인 생명력과 성스러운 시간과 공간에 대한 상징으로서 신화적이고 원형적인 상징의 형태를 취하고 있다. 손애라 시인이 도달한 상징의 한 극점임을 인정할 수 있다.

3. 질병, 삶과 우주를 성찰하는 기제

시집의 3부는 주로 「병상일기」 연작으로 채워지고 있는데, 색이라든가 시간의 상징물들을 통해서 생명의 근원에 도달하고자 하는 시인의 시의식은 여전히 병상 체험에서도 연결되고 있다. 질병이란 삶과 죽음의 근원적인 성찰의 한 계기가 되어준다는 점에서 그것은 불행이기는 하지만 한편으로는 축복이기도 한 셈이다. 시인은 병상의 체험을 통해서 삶과 죽음을 동시에 놓고 사유하기도 하고, 삶과 죽음의 터전인 지구와 우주에 대한 형이상학적 사유를 전개하기도 한다. 물론 이러한 시적 작업에서도 상징이 가장 중요한 매개물이 되고 있음을 말할 필요도 없다.

　　수척한 얼굴로 조용히 미소 짓는
　　회복기의 환자 같은 겨울나무
　　느낌표 같은
　　물음표 같은

가지들 뻗은 채 말이 없다
비껴 닿은 햇살의 그림자도
마른 몸으로 비스듬히 눕는다
군더더기 떨어내지 못한 나에게 묻는다
어디까지 비웠니?
얼마만큼 가벼워졌니?
더 깊은 내 안으로 들어와 봐!
겨울 숲 속으로 들어오기에 너는 너무 뚱뚱해!
떨어낼 것 다 떨어내고 나처럼 가벼워져 봐!
올무처럼, 함정처럼, 엉긴
덩굴풀의 마른 줄기가 발목을 잡는다

허방을 딛듯 허청거리는 발길로
고개 떨군 채 오솔길을 걸었다

　　　　　　　　　　— 「겨울 숲에서-병상일기 7」

　병상일기 연작 가운데 하나인 이 작품은 "겨울나무"의 상징을 읽어내면서 삶에 대한 자세를 가다듬고 있다. 병상에 누워 있기에 주변의 사물들이 모두 예사롭지 않을 것이며, 겨울나무 또한 그러한 것 가운데 하나가 될 것이다. 특히 병을 앓고 있기에 겨울나무가 "수척한 얼굴"이나 "회복기의 환자"처럼 보이는 것은 당연한 일이다. "느낌표 같은/ 물음표 같은" 형상으로 상징적 의미를 간직하고 서 있는 겨울나무는 결국 "군더더기"를 모두 떨구어 내고 있는 성자의 한 상징이 된다.

　잎 다 떨구고 가지만 남은 채 햇살을 받고 있는 겨울나무는 최소한의 생존 수단으로 생을 영위하고 있는데, 그러한 모습은 모든 세속적 욕망과 허영으로부터 자유로운 성자의 모습을 연상시키는 것이다. 그리하여 그것은 시적 화자에게 "어디까지 비웠니?"라고 하면서 금욕과 절제의 가치를 환기하기도 하고, "얼마만큼 가벼워졌니?"라고 하면서 정신적 자유와 각성을 촉구하기도 한다. "떨어낼 것 다 떨어내"었기에 헐겁고 여유로워진 "겨울 숲"은 바람처럼 자유로운 경지에 도달해 있으며, 거기의 나무들은 서로 멀어졌기에 포용과 배려의 관용을 베풀 수 있게 되었다. 시적 화자는 그러한 겨울나무가 함축하고 있는 상징적 의미를 해석하면서 자신의 삶이 여전히 세속적 욕망과 헛된 기대에 집착하고 있음을 반성하는데, 이러한 반성이 겨울나무의 상징으로부터 나오고 있음을 주목할 필요가 있겠다.

시월의 물가에 한 그루
외로운 사과나무가 있다
낮게 뻗은 가지에 남은
한 알의 사과,
노랗지도 빨갛지도 않은
연둣빛 과피果皮 안에서
익어가는 과육은
무르익은 가을 같다

가을처럼 늙어서야

야성을 되찾은 저 사과나무
물가에 선 사과나무는
혼자만의 아픈 역사를 쓰고 있다

　　　　　　　　　　　　　　　— 「야생 사과」 전문

　가을날 남아 있는 "한 알의 사과"가 시적 중심이 되고 있는
데, 그 사과는 "노랗지도 빨갛지도 않은/연둣빛 과피果皮" 속
에서 익어가고 있다. 그런데 시적 화자는 그러한 사과를 "무
르익은 가을 같다"고 표현하기도 하고, 그러한 사과를 지니고
있는 사과나무를 "가을처럼 야성을 되찾은 저 사과나무"라고
표현하면서 사과나무에서 야성을 발견하고 있다. 시적 화자
는 어떻게 빨갛게 익은 사과도 아닌 풋사과처럼 연둣빛 과피
를 지닌 사과와 그것을 지닌 사과나무에서 야성을 발견한 것
일까?
　야성野性이란 말 그대로 자연 또는 본능 그대로의 거친 성질
을 지칭하는 것이다. 문명이나 관습에 길들여지지 않고 본래
타고난 천성과 본능을 지니는 것, 순화되거나 세련되지 않는
있는 그대로의 거친 날것의 성질을 지니는 것이 곧 야성을 지
니는 것이 된다. 연둣빛 과피의 사과 한 알을 지닌 사과나무
는 그러니까 인간의 손에 의해서 왜곡되거나 변질된 것이 아
니라 있는 그대로의 자연성을 지니고 있다는 점에서 야성의
사과나무인 셈이다. 그런데 문제는 그 사과나무가 "가을처럼
늙어서야 야성을 되찾"았다는 것이다. 가을철 수확의 계절이

되어서야 그 사과나무는 드디어 연둣빛 과육의 사과를 지닌 사과나무로 돌아왔기 때문이다. 결국은 시간의 흐름 속에서 순치되거나 순화되어 자신의 본성을 잃지 않는 것이 중요한 것이며, 그러한 것이 곧 자신의 생명성과 본성을 적확하게 발현하는 것이라는 시인의 생각을 읽어낼 수 있다. 다음 시는 다시금 진화론과 고고학적 상상력이 복원되면서 생명의 본질에 대해 접근해 간다.

짧은 산책길에서 솔방울을 주웠다

이 솔방울 하나는
겉씨식물 진화의 결과물이다
낱낱의 벌어진 틈마다
날개 달린 씨앗 두 개씩을 간직한 솔방울
백여 개의 씨앗을 다 날려보내고
시들어가는 풀밭에 떨어져 있던
솔방울 하나를 소중히 주워 올린 그,

모든 겉씨식물의 특사로
오늘 나에게로 왔다
인간종의 대표로서의 그와 나
사이의 유대감만큼이나 강하고 질긴
솔방울 하나와의 공생의 감각
태초로부터 전해온 날것의 감각이
나를 깨웠다

솔방울 하나가 땅으로 떨어질 때
영원으로 향하는 우주의
노랫소리가 울려 퍼질 것이다

　　　　　　　　　　　—「솔방울 하나가」 전문

　시인은 「지구 한 조각」이라는 시편에서는 "솔방울 하나를
얻는 일은" "지구 한 조각을 받"는 일과 같다고 진술한 적 있
다. 이 시는 솔방울 하나가 지구의 한 조각처럼 소중하고 가
치 있을 수 있는 이유를 노래하고 있는 작품이라고 할 수 있
다. 솔방울이 그러한 가치를 지닐 수 있는 명시적인 이유는
그것이 바로 "겉씨식물 진화의 결과물"이기 때문이다. 즉 그
것은 "2억 5천만년 동안 생멸을 거듭한/ 겉씨식물의 열매"(「지
구 한 조각」)로서 거기에는 헤아릴 수 없는 시간이 응축되어 있는
셈이며, 그러한 점에서 그것은 지구의 역사의 한 페이지를 차
지하고 있는 것이다. 지구는 식물에서 겉씨식물이 출현함에
따라서 꽃을 피우는 속씨식물로 진화할 수 있는 계기를 마련
하였고, 오늘날 우리는 아름다운 꽃을 보면서 다양한 정서를
경험할 수 있게 되었다. 솔방울 하나가 유정하고 유정할 수밖
에 없는 이유가 여기에 있으며, 지구 한 조각의 가치를 지닐
수 있는 까닭도 여기에 있다.
　하지만 시인이 속씨식물이 아니라 겉씨식물에 유독 주목하
는 이유는 무엇일까? 여기 시간의 상징성이 개입되어 있으
며, 태고적 시간의 원시적 생명력에 대한 관심이 시인을 그러

한 관심으로 끌어들인 주요한 동인일 것이다. "2억 5천만년"
이란 시간은 현생인류의 출현 시기로 알려진 4만년 전보다 훨
씬 오래된 시간이며, 그러한 점에서 솔방울은 인류 이전의 생
명의 비밀을 간직하고 있는 식물이다. 솔방울 하나를 두고서
시적 화자가 "태초로부터 전해온 날것의 감각"을 운운할 수
있는 까닭이 여기에 있다. 솔방울은 지구 생명체의 진화의 역
사 가운데 가장 극적인 사건 가운데 하나인 셈인데, 그러한
점에서 솔방울은 태고의 신비를 간직하고 있으며, 원시적 생
명의 상징으로서 우리들에게 무한한 상상력의 장을 제공해준
다. 시적 화자가 솔방울 하나를 보면서 "영원으로 향하는 우
주의/ 노랫소리"를 들을 수 있는 이유는 그것이 생명의 탄생
과 진화라는 태고적 사건의 상징으로 그윽하고 신비스러운
시간의 작용과 생명의 비밀을 간직하고 있기 때문이다.

4. 만다라, 유기체적 생명의 향연

색채의 상징을 통한 원초적 생명의 비밀에 접근하고, 박물
관의 유물과 화석의 상징을 통해서 시원의 신화적 시간으로
다가간 시인은 병상의 체험을 통해서 삶과 죽음, 지구와 우주
의 사유를 통해서 태고의 날것에 대한 감각과 생명의 신비에
도달한 바 있다. 이러한 손애라 시인의 시적 여정은 이 시집
의 4부에 실려 있는 「만다라」 연작시에 이르러 거대한 생명의

유기적 관계망이 지닌 질서로서의 이법과 원리를 체현하고 있는 "만다라"의 상징과 만난다. 만다라는 산스크리트어로 '중심', '근원', '원'을 뜻하는데, 인도를 비롯한 여러 문화권에서 성스러움, 완전함, 일체 등을 의미하는 상징물로 여겨지며, 명상 수행의 한 방법으로 사용되기도 하였다.

어원을 따져보면, 만다라Mandala, 曼陀羅란 만물의 본질과 진수를 가리키는 'Manda'와 변한다는 뜻을 지닌 'la'가 결합한 형태로 만물의 진수와 본질이 다양하게 변하게 되는 것을 의미하며, 이와 같은 의미를 지닌 불화를 지칭하기도 한다. 만다라는 불교와 관련하여 부처가 증험한 것을 나타낸 그림을 뜻하기도 하는데, 우주 법계의 온갖 것을 갖춘 것이라는 뜻으로 '만다라'라고 불리게 되었다고 한다. 그러니까 만다라란 우주 자연의 질서와 이법에 대한 상징이며, 삶과 죽음, 생명에 대한 이치와 본질에 대한 하나의 상징인 셈이다. 시인은 이러한 상징을 음미하면서 그것을 현실을 통해 재확인하기도 하고 새로운 발견에 이르기도 한다. 시인은 '만다라'의 상징을 통해서 그야말로 상징의 본령인 세계의 신비와 비밀, 그리고 인생의 그윽한 의미와 불명료한 진실에 접근하기 위한 가장 중요한 수단이라는 의미를 체현해서 보여주고 있는 것이다. 이 시집에서 가장 빛나는 부분인 4부의 시세계로 들어가 보자.

방사상으로 퍼져있는 씨줄이 주어진 조건이라면 씨줄을 연결하는 예쁜 다각형의 날줄은 거미의 창조적 결과물이다 거

미는 뾰족한 꽁무니에 힘을 주며 이 줄과 저 줄 사이를 가로
지른다 투명한 실이 풀려나와 씨줄과 씨줄을 연결하며 고정
될 때 거미의 몸은 바르르 떨린다 과업을 완수하고 난 뒤의
성취감과 잠깐의 휴식 끝, 거미는 다시 바쁘게 움직인다

　시골길에 줄지어 선 포플러 가지와 가지 사이에 걸린 커다
란 거미줄에는 푸른 하늘이 담겼다 가고 흰 구름도 쉬었다
간다 바람이 잠깐 멈춘 사이 등황색 햇덩이가 거미줄에 걸리
었다 거미가 잡은 세상에서 가장 큰 먹이, 거미는 저 햇덩이
를 야금야금 먹어치울 것이다

　해가 지고 밤이 되어도 식지 않을 거미의 체온, 태양의 온
기로 잉태된 작은 거미들 뿔뿔이 흩어져 저마다의 삶의 줄을
치고 있다

—「거미줄─만다라 1」

　거미줄은 방사형으로 뻗어나간 씨줄과 그 씨줄을 연결하는
날줄로 이루어지는데, 수많은 그물코를 지닌 거미줄은 세상
의 삼라만상이 서로 얽히고설킨 형상으로서 우주 자연에 깃
든 유기체적 생명의 고리와 관계망에 대한 하나의 상징일 수
있다. 우주의 삼라만상은 그물망처럼 서로 얽혀서 영향을 주
고받으며 거대한 하나의 관계망을 이루고 있다고 할 때, 거미
줄은 그것의 가장 완벽하고 적절한 상징 가운데 하나가 될 것
이다. 시인도 그러한 점에 착안해서 거미줄을 만다라라고 칭
하면서 독자로 하여금 우주의 질서와 이법에 대해 무한한 상

상력을 펼치도록 유도 하고 있다. 이때 씨줄과 날줄로 거미줄을 만들고 있는 거미는 절대자이자 신神으로서 창세기의 하느님이라든지 중국의 신화에 등장하는 여와와 같이 창조주와 같은 위상으로 승화된다.

창조주로서의 거미가 만든 거미줄이기에 거기에는 우주의 삼라만상이 다 깃들 수 있을 터인데, 시적 화자는 "푸른 하늘"과 "흰 구름", 그리고 "바람"과 "등황색 햇덩이"를 그 주요한 품목으로 제시한다. 거미줄에 걸린 대표적인 품목인 푸른 하늘과 흰 구름, 그리고 바람과 햇덩이는 우주를 구성하는 가장 중요한 요소로서 생명의 순환과 관련하여 가장 핵심적인 항목들이기도 하다. 특히 "거미는 저 햇덩이를 야금야금 먹어치울 것이다"라고 한 시적 진술에서 알 수 있듯이, 태양은 모든 생명체의 근원으로서 그 영양분을 제공하고 있는 에너지원임을 알 수 있다.

시의 마지막 부분에서 "해가 지고 밤이 되어도 식지 않을 거미의 체온"이라고 하면서 시적 화자가 유독 "체온"을 강조하고 있는데, 이는 따뜻함이야말로 생명의 가장 중요한 징표이며, 그러한 따뜻함의 근원이 태양에 있음을 상기해 볼 때, "비슈누의 배꼽에서 피어난 연꽃 한 송이"『옴파로스─만다라15』라고 노래했던 그 우주의 배꼽은 바로 태양임을 알 수 있다. "태양의 온기로 잉태된 작은 거미들 뿔뿔이 흩어져 저마다의 삶의 줄을 치고 있다"라는 대목을 보면 태양이야말로 생명의 씨앗이며 근원이라는 것을 확실히 알 수 있는데, 그것으로 인해서 새로운 거미 새끼들이 태어나고, 그 거미들은 다시금 거미 줄을 치고 있다는 점을 주목해야 한다. 그러니까 거울이 무수한 작은 거울을 비치게 하는 것처럼 거미줄은 다시금 작은 거미줄들을 낳게 하고, 그 거미줄들의 낱낱이 하나의 거미줄이 되게 한다. 우주라는 대우주 속에서 무수한 작은 소우주들이 또 하나의 만다라들을 만들고 있는 것이다. 이러한 현상에 시간을 대입해 보면, 그 무한한 반복과 순환의 과정에 상상력이 미칠 수밖에 없는 그러한 상상력은 아득하고 아득해서 우리의 인식 지평을 벗어나버린다. 거미줄이 우주 만물의 이치와 섭리에 대한 그윽하고 심오한 상징적 기표가 될 수 있음은 의심의 여지가 없다.

> 삶이 바로 매듭 맺기라며
> 한 매듭 한 매듭 엮은 시간도
> 모이면 아름다워지는 걸까
>
> 화사한 색깔로
> 가볍게 날아오르는 날갯짓
>
> 저 소중함으로
> 홀로 빛나는 무지갯빛 매듭을
> 한 코 한 코 더듬어가며 풀기
>
> ─「매듭, 맺기와 풀기─만다라 3」 전문

　앞의 시가 우주 만물의 구조적 측면에 주목했다면, 이 시는 우주 만물의 생성과 변화의 원리에 주목하고 있다. 실, 끈 따위를 잡아매어 마디를 이룬 것이 매듭이라고 할 때, 삶이란 씨줄과 날줄에 실을 걸어서 아름다운 베를 짜는 것과 다르지 않으며, 그러한 점에서 거미가 만들어내는 거미줄 짜기와 다르지 않다. 매듭은 그러한 작업이 하나의 결말에 이르렀다는 것을 의미하며, 그러므로 매듭은 완결성과 자족성을 지니게 되며, 완성된 직물로서 삶이라는 어떤 무늬를 만들어낼 것이다. 시적 화자가 "한 매듭 한 매듭"이 "아름다워지는 걸까"라고 묻는 것은 바로 한 생이 이룩한 삶의 무늬와 아름다움을 염두에 두고 있는 것이다.

  그런데 무수한 매듭이 거듭하여 맺히게 되고, 삶으로서의 한 필의 베가 완성되었다면 그것은 곧 생의 영원한 종결을 의미할 것이다. "가볍게 날아오르는 날갯짓"은 바로 그러한 매듭의 완성과 종결을 암시하고 있는데, 매듭의 완성은 곧 매듭의 풀기와 연결된다는 점에서 생성과 소멸의 순환이라는 우주적 운행의 원리를 연상할 수 있다. 물론 이때 "홀로 빛나는 무지개빛 매듭"을 푸는 주체는 매듭을 만든 사람과 다를 것이다. 그것은 곧 매듭을 맺는 주체보다 더 큰 주체로서 무수히 완성된 매듭들을 풀어서 다시금 새로운 매듭이 시작되도록 하는 원리를 체현하고 있는 존재자라고 할 수 있을 것이다. 그것은 그리스 신화의 페네로페Penelope가 밤새워 한 필의 베를 짜고 다시금 그 이튿날이 되면 그것을 다 풀어버리는 것처럼 영원한 생성과 소멸을 주재하는 어떤 절대적인 존재의 상징

인 셈이다. 이러한 매듭 맺기와 풀기를 통해서 우주의 삼라만
상은 머물고 고이지 않고 흐르며 변화한다. 매듭 맺기와 풀기
라는 행위가 우주 삼라만상의 운행의 원리를 함축하고 있는
상징으로서 성스러운 만다라가 될 수 있는 이유이기도 하다.
이 시는 삶의 매듭을 맺고 풀기를 반복하는 더 큰 존재를 암시
하고 있는데, 그 구체적 모습을 다음 시에서 확인할 수 있다.

　보고 있다
　으슥한 골목길마다
　골목과 골목 사이 모서리에서
　둥글고 투명하게, 어떤 감정도 없이
　움직임을 보고 기록하는 커다란 눈이 있다

　덫에 걸린 짐승의
　인광이 번득이는 새파란 눈처럼
　빤히 보고 있는 어떤 시선
　존재의 근원, 심연의 암흑 아래
　영원히 잠들지 않는 제 삼의 눈이 있다

　누가 보고 있다
　멀고먼 저쪽에서 오는 응시
　그 시선이 닿는 곳마다
　물의 거죽이 벗겨지고 풍요로운 속살이 드러난다
　사계를 따라 다른 꽃이 피었다 지기를 반복하고

밤의 지구, 휘황한 불빛들은
응시하는 눈의 깜빡임을 반영하듯 명멸한다

조심해라
누군가 지구를 보고 있다

— 「보고 있다–만다라 13」 전문

   지구를 지켜보고 있는 "누구"는 만상을 주재하는 초월자이자 절대자인 신神이기도 하고, 그것이 체현하고 있는 어떤 질서와 원리를 상징하기도 한다. 이 시는 그러한 절대자를 인격화해서 그의 눈빛으로서의 시선과 응시를 부각시키고 있다는 점에서 특징을 발견할 수 있다. 인격화된 절대자인 그는 모든 삼라만상의 움직임을 보고 있고, 기록하기도 한다. 그렇기 때문에 세상에서 한 번 발생한 사건과 움직임은 결코 없어지거나 무화되지 않을 것이다.

   그것은 "존재의 근원, 심연의 암흑 아래"에 있다는 점에서 다시금 우주의 배꼽을 연상시킨다. 그곳에서 그는 "영원히 잠들지 않"고 우주의 운행과 변화를 주재한다. 그가 행사하는 주된 역능力能은 "물의 거죽이 벗겨지고 풍요로운 속살이 드러난다"라는 구절이나 "사계를 따라 다른 꽃이 피었다 지기를 반복"한다는 구절에서 알 수 있듯이 생명의 탄생과 소멸이라고 할 수 있다. 앞서 분석한 시의 매듭 맺기와 풀기라는 행위의 주체가 누구인지를 분명히 해주고 있는 대목이다. 그것은 어둠 속에서 자신의 존재를 은밀히 드러내는데, 그것은 곧 별빛과 같은 불빛을 통해서이다. 그러니까 주재자는 별빛이라는 상징을 통해서만 자신의 존재를 암시적으로 드러내고 있는 것이다.

그런데 이 시에서 중요한 것은 그러한 존재의 유무가 아니라 그가 "지구를 보고 있다"는 점이다. 그는 영원히 잠들지 않고, 지구를 지켜보고 있으며 별빛처럼 눈을 깜박이면서 지구를 응시하고 있다. 그리하여 "그 시선이 닿는 곳마다" 사계절이 운행되며, 그러한 변화를 따라서 생명이 잉태되었다가 소멸하기를 반복한다. 그러니까 그의 시선과 응시가 없어진다면 이러한 작용과 역능은 없어지고 말 것이다. 따라서 "누가"라는 그 실체야말로 만물의 생성과 변화를 주재하는 '중심', '근원', '원'으로서 성스러움과 완전함, 일체 등을 의미하는 만다라의 궁극적 표상일 것이다.

이상에서 우리는 손애라 시인이 구축한 그윽하고 심오한 상징의 향연을 더듬어 살펴보았다. 색에 대한 상징에서 비롯하여 시간과 질병, 그리고 만다라의 상징에 이르는 시인의 시적 여정은 생명의 시원과 근원을 탐구하려는 계보학적 노력이라고 할 만한데, 만다라의 상징에 이르러 그 형이상학적이고 원형적인 상징이 가장 빛나고 있다. 이번 시집을 조감해 보면, 색色이라는 상징을 토대로 해서 현상의 의미에 대해 탐구하고, 시간을 함축하고 있는 박물관과 유물들을 통한 고고학적 상상력을 통해서 현상의 시원으로 파고들어 가고 있음을 알 수 있다. 그리고 태고적 시간을 함축하고 있는 유물, 혹은 화석의 상징을 통해서 우주 자연의 근원적 세계에 통찰하게 되고, 거기에서 근원으로서의 중심이자 성스러움의 표상인 만다라를 만나게 되었다고 볼 수 있다. 손애라 시인의 만다라에 대한 상징으로 우리 시단은 "만다라"라는 새로운 상징의 한 항목을 추가하게 되었다. 시인의 노력이 결코 헛되지 않았다는 하나의 방증일 것이며, 더 아득하고 그윽한 상징의 시학을 기대하는 것도 무리가 아님을 보여주고 있는 증표라고 할 만하다.